Françoise Bourdon

Née à Mézières, dans les Ardennes, Françoise Bourdon a enseigné le droit et l'économie pendant dix-sept ans avant de se vouer à sa passion pour l'écriture. Elle a publié de nombreux romans, dont *La Forge au Loup* (2001) – écrit en mémoire de son grand-père, engagé volontaire en 1915 –, *Le Vent de l'aube* (2006), *Les Chemins de garance* (2007), *La Figuière en héritage* (2008), *La Nuit de l'amandier* (2009), *La Combe aux Oliviers* (2010), *Les Bateliers du Rhône* (2012), *À travers la nuit et le vent* (2018), *La Fontaine aux Violettes* (2019), *La Maison de Charlotte* (2020), *La Roche au Loup* et *Les Héritières de La Salamandre* (2022), tous édités par Les Presses de la Cité et repris chez Pocket. Plus récemment a paru *Le Jardin des Cyprès* (2023) chez le même éditeur.

LE JARDIN DES CYPRÈS

ÉGALEMENT CHEZ POCKET

La Forge au Loup
La Cour aux Paons
Le Bois de lune
Le Maître ardoisier
Les Tisserands de la Licorne
Le Vent de l'aube
Les Chemins de garance
La Figuière en héritage
La Nuit de l'amandier
La Combe aux Oliviers
Les Bâteliers du Rhône
La Maison du Cap
À travers la nuit et le vent
La Fontaine aux Violettes
La Maison de Charlotte
Les Héritières de La Salamandre
Le Jardin des Cyprès

FRANÇOISE BOURDON

LE JARDIN DES CYPRÈS

NOUVELLES

Les Presses de la Cité

Le Code de la propriété intellectuelle n'autorisant, aux termes de l'article L. 122-5, 2° et 3° a, d'une part, que les « copies ou reproductions strictement réservées à l'usage privé du copiste et non destinées à une utilisation collective » et, d'autre part, que les analyses et les courtes citations dans un but d'exemple et d'illustration, « toute représentation ou reproduction intégrale ou partielle faite sans le consentement de l'auteur ou de ses ayants droit ou ayants cause est illicite » (art. L. 122-4). Cette représentation ou reproduction, par quelque procédé que ce soit, constituerait donc une contrefaçon, sanctionnée par les articles L. 335-2 et suivants du Code de la propriété intellectuelle.

© Les Presses de la Cité, 2022
ISBN : 978-2-266-33241-5
Dépôt légal : avril 2023

Sommaire

La fille de Lou 9

Le secret de Marthe 53

Vivre pour elle 91

L'ombre de Nathalie 131

Les enfants du péché 163

Une nouvelle vie 185

L'escapade d'Apolline 211

Un parfum d'épices et de miel 231

Le Jardin des Cyprès 249

Remerciements 271

LA FILLE DE LOU

*L'amour est la seule passion
qui ne souffre ni passé ni avenir.*

Honoré DE BALZAC

1930

Elle aurait dû trouver en elle la force de se battre. Parfois, elle se disait qu'elle y parviendrait. Peut-être. Si seulement elle avait été moins lasse, si Édouard avait bien voulu cesser de la harceler au parloir, si elle avait pu dormir…

Les deux mois passés en maison d'arrêt avaient duré deux siècles. Elle n'était pas faite pour ce monde, les autres détenues ne se gênaient pas pour le lui faire remarquer. Elles l'avaient surnommée « la fille de la haute » et l'humiliaient à plaisir. Pire, elles lui avaient raconté qu'elle ne reverrait jamais celle qui comptait le plus pour elle. Avait-on jamais vu une condamnée pouvoir récupérer son enfant ? Et, de toute manière, si elle n'était pas encore condamnée, elle le serait bientôt.

Une grande partie de la presse ne l'avait-elle pas déjà jugée coupable ? On l'appelait « Phèdre » ou « la dévoreuse de jeunes gens ». Pourtant quel était son crime ?

Elle avait seulement aimé.

Aussi, le soir où elle apprit qu'Édouard s'opposait à ce qu'elle revoie son enfant, avala-t-elle les vingt comprimés de phénobarbital qu'elle avait dissimulés dans l'ourlet de sa robe bleue.

C'était efficace, lui avait promis l'infirmière, elle dormirait comme un bébé avec un seul comprimé. Elle les avait gardés, l'un après l'autre, comme un viatique.

Elle voulait seulement oublier.

Les vingt cachets devaient suffire à lui apporter la paix de l'âme.

N'avait-elle pas tout gâché ?

*

Isaure, 1960

J'ai si longtemps attendu ce moment ! Et, pourtant, à l'instant de faire le pas décisif, j'éprouve un doute.

Serai-je à la hauteur ? Je ne m'interroge pas à propos du bien-fondé de ma mission : je veux savoir depuis longtemps ! Mais je n'ai pas confiance en mes capacités.

Je me revois, le jour du baccalauréat. J'aurais souhaité disparaître de la surface de la terre ! Heureusement, papé Jules m'a accompagnée jusqu'au centre d'examen et répété que je le décrocherais haut la main, ce maudit diplôme ! Il a ajouté : « De toute manière, tu n'as pas le choix si tu veux devenir vétérinaire comme moi ! »

Je l'ai écouté. Papé Jules était mon mentor, mon guide.

J'ai obtenu mon bachot avec la mention Bien et réussi l'examen d'entrée à l'École vétérinaire de Maisons-Alfort.

Mon père m'a à peine félicitée. Cela ne m'a pas vraiment surprise. Depuis qu'il a épousé Pascale, celle que j'appelle avec une sombre délectation « ma marâtre », il s'occupe encore moins de moi. Et la naissance des « microbes » n'a rien arrangé ! Les jumeaux Marc et Bastien ne seraient pas désagréables s'ils n'avaient pas une fâcheuse tendance à hurler au moindre prétexte.

Pour arranger tout le monde, j'ai choisi, il y a longtemps, de vivre chez mes grands-parents paternels, papé Jules et mamée Lucie. Chez eux, au moins, je me sens à ma place.

Du côté maternel… personne, le vide sidéral. Mais c'est une autre histoire…

Mamée Lucie est morte moins d'un an avant la soutenance de ma thèse. Papé Jules est venu seul et, lorsque ce fut terminé, il m'a emmenée dîner au Grand Café, boulevard des Capucines.

« Je suis si fier de toi, Isaure, ma chérie », m'a-t-il dit.

Ce soir-là, j'aurais voulu l'interroger à propos d'Elle. S'il s'entendait bien avec Elle. Tant de questions que je ne pouvais poser à mon père.

Papé Jules est mort dans son sommeil une semaine plus tard.

Non seulement ma peine fut immense mais, de plus, j'eus l'impression qu'une porte s'était refermée.

Personne, désormais, ne me parlerait d'Elle.

J'ai d'abord travaillé dans un cabinet vétérinaire de Vitry-sur-Seine. L'ambiance était sympathique, les collègues aussi, même si j'avais l'impression qu'il me manquait quelque chose.

Pour dire le vrai, c'est une impression que j'éprouve souvent ! Depuis toujours, d'ailleurs…

Je me suis accrochée. Même si je soignais plus de caniches ou de chats persans que de chèvres, j'exerçais le métier dont je rêvais depuis si longtemps et cela me plaisait.

J'ai loué un studio et adopté un chien. Un « coin de rue », de race indéterminée, un mélange de ratier et de cocker, ce qui donnait un résultat assez surprenant. Orlov était un brin caractériel et grincheux, mais lui et moi nous entendions bien. Surtout, j'aurais dû le nommer « Seccotine » car il me suivait partout, même au cabinet, où il se faisait oublier sous mon bureau, étant d'une sagesse et d'une discrétion exemplaires.

J'aurais pu continuer à mener cette existence, somme toute plutôt agréable, si je n'avais pas croisé le chemin d'Arthur. Avec lui, pas de faux-semblants, il voulait tout, tout de suite. Le mariage, les enfants… À l'entendre, à quarante et trente-trois ans, nous étions déjà presque âgés ! Face à lui, à ses projets, je me suis cabrée. Un mariage ? Pour quoi faire puisque je ne croyais pas à l'amour ? Des enfants ? Pour les abandonner ? Je ne me sentais pas à la hauteur.

Le passé empoisonnait mon présent.

Je lui ai d'abord opposé des prétextes, puis une fin de non-recevoir. Je ne me marierais jamais ! En revanche, je n'ai pu lui expliquer pour quelle raison. C'était trop… Trop intime, trop personnel, et j'avais peur de passer pour une fille très compliquée.

En fait, il a pensé que je n'éprouvais pas de véritables sentiments pour lui et m'a quittée.

De mon côté, je ne suis pas parvenue à l'oublier. J'aimais Arthur, sa désinvolture, sa façon de ne rien prendre au sérieux. Architecte, il était lui aussi passionné par son métier. Nous pouvions déambuler dans Paris tout un dimanche et, au fil de notre promenade, il me racontait l'histoire de ses monuments préférés. Orlov nous suivait en ronchonnant, comme à son habitude. Pas très sportif, il préférait le coin du feu aux longues balades.

Sans Arthur à mes côtés, je me suis sentie perdue. Cependant, je ne pouvais m'en prendre qu'à moi-même. J'étais la seule responsable de cet échec.

Mon travail au cabinet ne me suffisait plus. Je savais au fond de moi que j'avais poursuivi des études de vétérinaire afin de me consacrer aux chevaux et au bétail. Les animaux domestiques – et, surtout, leurs maîtres ! – avaient une fâcheuse tendance à m'agacer. J'avais envie de changer de vie, de me lancer, d'ouvrir mon propre cabinet à la campagne, tout en ne parvenant pas à sauter le pas. Pourtant, j'avais réalisé des économies durant les huit dernières années et mes grands-parents m'avaient légué leur maison de Suresnes.

Quelque chose m'arrêtait. Quoi donc ? Toujours ce sentiment qu'il me manquait quelque chose.

Je savais qu'il était inutile d'évoquer le passé avec mon père. Il éluderait ou bien me répondrait qu'il n'avait rien de plus à dire.

Il y avait trente ans qu'Elle avait mis fin à ses jours. N'était-il pas grand temps de tourner la page ?

Cette certitude me tétanisait. Mes malaises reprenaient de plus belle.

Depuis des lustres, en effet, je souffrais de migraines et de vertiges qui m'obligeaient à absorber de puissants antalgiques. Les différents médecins consultés m'avaient fait subir nombre d'examens avant de conclure qu'il s'agissait de maux psychosomatiques.

Je n'en parlais à personne, ne pouvant supporter l'idée qu'on me considère comme une malade imaginaire.

Mais je devais en avoir le cœur net.

Aussi, je me sentis presque mieux lorsque je franchis le seuil du siège du journal *L'Aurore*. Je savais ce que j'y cherchais.

*

La petite annonce figurait dans *Le Chasseur français* : « Cabinet rural à céder. Affaire à développer. Écrire à Maillane dans les Alpilles. »

Ce nom faisait naître en moi des souvenirs de vacances en compagnie de mes grands-parents. Nous avions cherché le fameux moulin de Daudet et souri en apprenant qu'il n'y avait jamais habité. Nous avions fait de longues promenades dans la pinède de Fontvieille jusqu'au château de Montauban, où Daudet était invité par ses amis Ambroy. Nous avions admiré les Alyscamps à Arles, tout comme le théâtre antique.

Mes grands-parents étaient tout pour moi, parce que je savais ne pouvoir compter sur mon père. J'avais même parfois le sentiment qu'il avait de la peine à supporter ma présence. Papé avait soupiré quand je le lui avais fait remarquer.

« Mon petit crapaud, ce n'est pas toi qui es en cause. Tu comprendras plus tard, quand tu seras plus grande. »

Il m'appelait ainsi, « mon petit crapaud », et je ronronnais de bonheur.

Sur le moment, j'avais été rassurée. Par la suite, j'avais réalisé que mon papé Jules ne m'avait pas détrompée. Mon père me tolérait mais ne cherchait pas à m'accueillir chez lui. C'était pour moi une horrible certitude. Sans mes grands-parents, que serais-je devenue ?

Cette prise de conscience coïncida avec l'apparition de mes premiers troubles. Il ne fallait pas être grand clerc pour établir un lien entre les deux faits.

Durant une semaine, j'hésitai sans parvenir à me décider. Ce fut une conversation avec Florence, ma seule amie, qui me permit de sauter le pas. Elle savait beaucoup de choses à mon sujet et m'avait toujours soutenue.

« Fonce ! » me lança-t-elle alors que je lui faisais part de mes atermoiements.

Elle ajouta : « Franchement... qu'est-ce que tu as à perdre ? Ton existence actuelle ne te satisfait pas, tu souffres depuis ta rupture avec Arthur. Donne un grand coup de pied dans la fourmilière et change de vie ! Les Alpilles, ça me convient fort bien. Je viendrai te rendre visite. »

Le soir même, je contactai la personne de l'annonce.

Un mois plus tard, nous faisions affaire et je m'apprêtais à aller m'installer du côté de Maillane, le pays de Mistral.

Le village s'articule autour de l'église Notre-Dame-de-Bethléem, du cimetière et de la demeure de l'illustre poète, une bastide de pierre claire entourée d'un jardin.

Au bout du village, la route menant à Eyragues. Et, sur le côté droit, derrière un rideau de cyprès, la maison de monsieur Laroque, à qui je vais succéder. Bâtisse aux volets d'un délicat vert grisé et charmille ombragée d'une glycine constituent un lieu empreint de charme.

D'épais cheveux blancs, une moustache assortie qui dissimule mal un large sourire, des yeux bleus pétillants... Charles Laroque me plaît immédiatement. Et je pense que la réciproque est vraie car il m'ouvre grand sa porte.

— Entrez, entrez ! Soyez la bienvenue.

Orlov daigne remuer la queue, ô joie ! La bienveillance de monsieur Laroque me fait du bien, je ne me pose plus de questions. À sa suite, je pénètre dans une grande salle aux murs chaulés, tout comme les poutres. La vaste cheminée est en pierre d'Arles. Les étagères d'une bibliothèque en noyer sont couvertes de livres reliés. Au mur, des photos de chevaux, des Camargue, qui symbolisent pour moi une certaine idée de la liberté.

— Cela vous plaît ? s'enquiert mon hôte.
— Beaucoup. Et... votre cabinet ?
— Je vous y emmène de ce pas.

L'accès se fait par une porte latérale. Salle d'attente et cabinet sont propres et bien rangés. J'inspecte l'installation, qui me paraît convenable même si j'imagine déjà quelques aménagements.

L'armoire à médicaments est fermée à clé. Un placard renferme les instruments chirurgicaux. Le cabinet a besoin d'un bon coup de peinture, mais le travail ne m'a jamais fait peur.

Monsieur Laroque me parle de Philomène, une villageoise, qui se charge du ménage trois fois la semaine.

— C'est une brave personne, affirme-t-il. Avec elle, de plus, vous connaîtrez tous les potins du village.

Nous sourions ensemble. Décidément, il me plaît !

Et, lorsque je prends congé, il me propose :

— Je peux vous héberger, si cela vous convient. Mon fils vient ce week-end m'aider à déménager mes affaires. Je vais me retrouver dans un appartement à Sommières... Il va me falloir un certain temps d'adaptation !

— Vous pourrez continuer à venir au cabinet si vous en avez envie.

Il me regarde avant de secouer la tête.

— C'est gentil à vous, mais ce ne serait pas une bonne politique. Ma patientèle doit tourner la page et s'habituer à vous. Une jeune femme dans un milieu rural... vous n'avez pas choisi la facilité ! Je souhaite qu'ils vous acceptent.

Je souris.

— Moi aussi !

Je n'en suis plus tout à fait certaine, brusquement, mais, de toute manière, ce n'est pas la raison première de mon installation en Provence.

— Vous m'avez écrit aimer les chevaux.

— En effet. J'ai longtemps monté, dans la région parisienne.

« Mon petit crapaud, tu t'en sortiras toujours si tu as une passion dans la vie », me promettait papé Jules.

La pratique de l'équitation m'avait permis de surmonter beaucoup d'angoisses. Pas toutes, ç'aurait été trop simple.

— Quand vous aurez le temps, vous pourrez aller voir mon ami Barjols, sur la route d'Arles. Ses chevaux sont superbes.

— Merci du renseignement.

Nous échangeons un regard un peu perdu. Tous les deux, nous ne savons plus quoi dire. Charles Laroque rompt alors le silence.

— Nous allons partager le pain et le sel, si vous voulez bien. Ou, plus prosaïquement, le repas préparé par Philomène. Puis, si vous en êtes toujours d'accord, nous nous rendrons chez Maître Arnaud, mon notaire.

Ce programme me convenait.

Cependant, le soir venu, alors que nous avions réglé toutes les formalités et que je m'étais retirée dans la chambre à donner, j'éprouvai une sourde angoisse.

Pourquoi diable m'étais-je lancée dans cette aventure ?

Je venais d'investir mes économies et l'argent hérité de mes grands-parents dans cette affaire simplement pour en avoir le cœur net.

Et après ? Que ferais-je de ma vie ?

Je n'en avais pas la moindre idée.

*

Tanguy, 1960

> *On n'est pas sérieux quand on a dix-sept ans [...]*
> *On va sous les tilleuls verts de la promenade.*
> *Les tilleuls sentent bon dans les bons soirs de juin !*

> *L'air est parfois si doux qu'on ferme la paupière ;*
> *Le vent chargé de bruit – la ville n'est pas loin –*
> *A des parfums de vigne et des parfums de bière […].*

J'aurais dû détester ce poème. Pourtant, j'allais chercher mon vieil exemplaire du *Premier cahier de Douai* de Rimbaud chaque fois que j'allais mal.

Le vent avait soufflé avec force toute la nuit, et je me sentais oppressé. Mon asthme, que je devrais mieux soigner.

« Je m'y suis habitué », affirmais-je à mon vieil ami, le docteur Lambert, un misanthrope dans mon genre.

Ce dernier haussait alors les épaules.

« On ne s'habitue pas à l'asthme. Dites plutôt que vous n'avez pas envie de suivre un traitement régulier ou d'aller consulter un pneumologue ! »

Je souriais alors. Un lent sourire qui ne gagnait pas mes yeux.

Je me levai, marchai jusqu'à la porte, que j'ouvris. Le mistral était tombé. Un ciel d'un bleu irréel contrastait avec la blancheur de la cabane dans laquelle j'avais installé mon atelier.

Encore une journée, songeai-je, le cœur lourd.

Certains estimaient que j'avais « réussi ». Un mot qui me faisait horreur. Je m'efforçais de représenter ce que j'avais dans la tête, voilà tout. Des bronzes animaliers, un bestiaire né de mon imaginaire.

J'avais appris à travailler différents métaux chez un fondeur parisien. J'avais aimé l'atmosphère de l'atelier, la franche camaraderie qui y régnait.

À une certaine époque, c'était pour moi le seul moyen de ne pas sombrer.

Mon travail, et aussi les poèmes d'Apollinaire.

Lou si je meurs là-bas souvenir qu'on oublie
Souviens-t'en quelquefois aux instants de folie
De jeunesse et d'amour et d'éclatante ardeur.
Mon sang c'est la fontaine ardente du bonheur
Et sois la plus heureuse étant la plus jolie
Ô mon unique amour et ma grande folie[1].

Mon chat, Orphée, vint se frotter contre mes jambes. Je lui caressai le sommet de la tête. C'était un gouttière au caractère ombrageux qui disparaissait parfois des journées entières avant de réintégrer le mas, le regard chargé de défi, la tête fièrement dressée, l'air de dire : « Il y a un problème ? »

J'avais « hérité » d'Orphée le jour où j'avais acheté le mas de l'Étoile. Le chat avait mis plusieurs semaines avant de me laisser l'approcher, ce qui ne l'empêchait pas de vider sa gamelle dès que j'avais tourné les talons.

Nous avions fini par nous apprivoiser mutuellement, sans empiéter sur la liberté de l'autre.

Je m'étais attaché à Orphée.

Le vieux et son chat, pensai-je.

Je n'étais tout de même pas si âgé, n'ayant pas encore franchi le cap des cinquante ans. Pourtant, j'avais le sentiment d'être un vieillard revenu de tout.

La nuit mon cœur la nuit est très douce et très blonde
Ô Lou le ciel est pur aujourd'hui comme une onde
Un cœur le mien te suit jusques au bout du monde[2].

---

1. Extrait de « Si je mourais là-bas » de Guillaume Apollinaire.
2. Extrait de « Adieu » de Guillaume Apollinaire.

Isaure, 1960

Quelle idée ai-je eue de m'installer ici ! Les jours s'étirent, et personne ne se présente à mon cabinet. J'ai pourtant annoncé dans le journal local que je succédais à monsieur Laroque, indiqué que les horaires restaient les mêmes.

Philomène, une quinquagénaire volubile, prétend que les gens du coin m'observent.

— Vous comprenez, lance-t-elle en astiquant ma plaque, vous êtes une femme, et encore jeunette avec ça. Alors, forcément, on se demande si vous serez assez forte pour aider une jument à mettre bas. Les vaches, pas de souci, on n'en a pas par chez nous ! De plus, reprend-elle, vous n'êtes pas du pays. Avec votre plaque d'immatriculation dans le 75, on a eu tôt fait de vous appeler « la Parisienne » !

Je souris.

— Apparemment, j'étais la seule vétérinaire intéressée par la succession de monsieur Laroque.

— Pardi ! Le cher homme ne travaillait plus guère ! Entre son arthrite et sa cataracte, il n'inspirait plus confiance.

Cette révélation n'est pas faite pour me remonter le moral ! N'aurais-je pas dû me montrer plus défiante ? En même temps, je sais que rien ne m'aurait empêchée de venir au Mas de la Source.

Il le fallait.

*

Isaure, 1960

Mon premier patient – un caniche atrabilaire nommé Pastis – s'est présenté ce matin. Schéma classique : il souffre d'une « bonne » gastro. Je l'examine tandis que sa maîtresse tente de le maintenir sur la table et se lamente – Pastis est, à l'entendre, un chien exceptionnel –, prescris une solution de réhydratation ainsi qu'un pansement intestinal. Sa maîtresse le réconforte avec force mots doux.

— Vous avez été patiente, me déclare-t-elle. Monsieur Laroque s'énervait contre Pastis et, du coup, mon pauvre petit chou le mordait.

Réprimant un fou rire, je reconduis ma première cliente et son « petit chou ». Si seulement elle pouvait inciter d'autres personnes à suivre son exemple !

Je trie les dossiers, fais semblant de m'activer, tout en jetant de fréquents coups d'œil au-dehors. Raté ! De toute évidence, Pastis et sa maîtresse seront mes seuls visiteurs de la journée.

Je me décide soudain à fermer le cabinet et à aller marcher.

Un soleil printanier éclaire les crêtes des collines calcaires et les falaises grises. L'air fleure bon la farigoulette et le romarin. Au fond du vallon, la vision des abricotiers en fleurs me ravit. Un martinet à ventre blanc traverse le ciel.

Des nuages courent vers l'horizon. Philomène m'a expliqué qu'avec le temps, j'apprendrais vite à deviner s'il va pleuvoir – rarement – ou non. J'ai pensé que je n'avais pas l'intention de passer le reste de ma vie ici. Et puis je me suis reprise. En venant au Mas de la Source, j'ai décidé que je ne faisais pas de plan de carrière. Je me laisserais porter par les événements.

Cependant, depuis mon installation, on ne peut pas dire que mon existence soit débordée ! Pourvu que cela change...

Dans ma tête, les paroles d'une vieille chanson de Georges Moustaki, « Le Temps de vivre ».

Prendre le temps de vivre... c'est peut-être la solution.

*

Tanguy, 1960

Cette nuit, j'ai rêvé d'Elle. Je me suis réveillé avec une sensation de perte si intense que je me suis levé d'un bond, j'ai passé des vêtements de sport et je suis parti courir dans la garrigue.

J'aime le printemps, cette sensation – mieux, cette certitude – que tout recommence. Orphée m'a regardé partir, l'air de penser : « Il faut être fou pour sortir à l'aube ! » Et je lui ai adressé un signe de la main. Lambert prétend que je suis gâteux avec ce chat et j'ai protesté avec force. J'y suis attaché, c'est tout.

Mon esprit gamberge, pour ne plus être obsédé par Elle. Ma désespérance. Si je pouvais l'oublier. Si je parvenais à reconstruire ma vie... Trente ans après, la souffrance est toujours là. Moins forte, certes, mais lancinante. Si seulement Elle m'avait parlé... j'aurais pu la convaincre de rester avec moi, j'en suis certain. J'aurais trouvé les mots.

Je cours, jusqu'à l'épuisement, pour ne pas penser. De retour au logis, une bonne douche tiède, et je me dirige vers mon atelier.

L'activité physique et l'exercice de mon art m'ont permis de survivre. En revanche, je n'ai pu m'approcher à nouveau d'un piano. Tabou. Si je ferme les yeux, je la vois. Elle joue Liszt avec cette passion qui affleurait chez Elle, cette façon bien à Elle de rejeter en arrière sa crinière bouclée, couleur de flamme.

Je la vois, et mon cœur se serre.

Je ne pourrai jamais guérir d'Elle.

*

Isaure, 1960

Enfin ! On m'a appelée dans la nuit pour un poulinage difficile.

Le poulain, qui normalement aurait dû se présenter en position de plongeon, avait les sabots tournés vers le haut, et le propriétaire de la jument commençait à s'affoler. Il me fallut plusieurs manœuvres, tout en rassurant la jument de la voix, pour redresser le poulain et assister à son expulsion.

Lorsque je suis revenue au Mas, j'étais épuisée mais heureuse. Chaque naissance me procurait un sentiment de plénitude. C'était un sentiment fugace mais qui me donnait l'impression d'être utile, à ma place. Les jours suivants, plusieurs visites se succédèrent au cabinet.

J'auscultai deux chats, trois chiens, un perroquet, et fus appelée par deux éleveurs.

Philomène s'estima satisfaite.

« La machine est lancée ! s'écria-t-elle. Vous verrez, jeune fille, cela ne fait que commencer. Monsieur Laroque sera soulagé, il se faisait du souci à votre sujet. »

Sa dernière remarque m'a fait sourire.

Philomène ignore tout de mes motivations, et c'est heureux. Que penserait-elle si elle apprenait la vérité ?

Je ne veux pas m'appesantir sur ce point et, pour fêter le retour de la patientèle du cabinet, je décide de me rendre chez Barjols.

Philomène m'indique le chemin à suivre.

Lorsque j'aperçois la manade, au bout d'une allée cavalière bordée de genévriers de Phénicie, j'éprouve un coup de cœur. Et la vision des chevaux – des Camargue d'un blanc argenté – provoque en moi l'irrépressible désir d'en monter un et de partir chevaucher dans les marais.

J'ai toujours aimé les chevaux. Ceux-ci sont superbes et fiers.

Je me présente à l'homme d'une quarantaine d'années qui s'avance à ma rencontre – « Isaure, j'ai succédé à monsieur Laroque » – et il m'adresse un large sourire.

— Enchanté. Lucas Barjols. Charles m'avait annoncé votre visite. Vous désirez monter ?

Tout me paraît simple. Lucas Barjols m'entraîne vers les écuries. Une bonne douzaine de Camargue, superbes, à la robe grise, m'observent avec curiosité. Les écuries sont d'une propreté parfaite.

— Souhaitez-vous que je vous accompagne ?

— Si cela ne vous dérange pas. Vous pourrez me parler de la région.

Je me demande pourquoi j'ai dit ça. D'ordinaire, je préfère monter seule. Mais je n'ai pas encore mes repères sur cette terre entre ciel et eau.

Ma monture – un hongre nommé César – et moi nous accordons tout de suite. C'est une alchimie bizarre, que j'ai déjà eu l'occasion de constater.

« Le cheval doit se sentir en confiance, m'avait un jour expliqué mon grand-père. Dis-toi bien qu'à la base, il a peur de l'homme. Tu dois le rassurer par ton calme et ta maîtrise. »

C'était vrai.

J'ai passé un après-midi délicieux à la manade Barjols. Lucas et moi avons chevauché dans la plaine sous un soleil radieux. Des renoncules d'eau couvraient les roubines d'un manteau blanc.

Je me sentais bien, en compagnie du manadier.

— Revenez quand vous le désirez, me dit-il alors que je prenais congé.

Sa poignée de main était franche et chaleureuse.

Ce n'était pas une simple formule de politesse, je le savais.

Comme je savais que je reviendrais chez lui. Très vite.

*

Tanguy, 1960

Au téléphone, mon agent avait été formel.

« Tanguy, mon vieux, je sais combien cela te pèse, mais tu dois vraiment rencontrer ce journaliste. Il a entendu parler de toi et désire t'interviewer pour mieux approcher ton œuvre. »

J'avais poussé un énorme soupir.

« J'ai ce genre d'exercice en horreur. »

Cependant, je savais que je ne pourrais y échapper. Mon œuvre était trop originale pour me permettre de faire l'impasse sur un article de presse.

« Il faut bien vivre », avait l'habitude de dire ma mère.

Je crispai les mâchoires. J'avais coupé les ponts avec ma famille depuis une trentaine d'années. J'avais gardé des liens seulement avec ma tante Laure, qui avait été la seule à m'apporter son soutien. Nous nous téléphonions régulièrement et Laure m'avait rendu visite à plusieurs reprises.

Au bout du fil, Patrice s'impatientait.

— Tanguy ? Tu peux le recevoir demain ?

— Déjà ?

— Tu ne vas pas te faire prier indéfiniment ! Si tu traînes, il passera à autre chose.

— Puisqu'il le faut ! soupirai-je. Demain à quatorze heures, ça te va ?

— Je le contacte et te rappelle.

Dès que j'eus raccroché le combiné, je jetai un coup d'œil catastrophé autour de moi. Je n'avais pas l'intention de ranger mon capharnaüm. Après tout, j'étais un artiste ! On n'attendait pas de moi un intérieur impeccable. Et il y avait longtemps que je ne me souciais plus de l'opinion d'autrui.

J'allais devoir parler de mon art sans trop en dire, expliquer ce que je n'avais moi-même pas encore compris. Mes sculptures de bronze m'avaient permis de me sentir à nouveau vivant. Mais… qui pourrait l'imaginer ?

*

Isaure, 1960

Je commence à me sentir un peu chez moi au Mas de la Source. Philomène me raconte les derniers potins et me recommande tel ou tel commerce. Orlov et elle s'apprivoisent. Il essaie encore de s'attaquer au fil de l'aspirateur, mais elle lui ordonne alors de regagner son panier d'un ton si comminatoire qu'il s'exécute sans demander son reste.

J'ai patienté une semaine avant de retourner à la manade Barjols. Le désir de monter à nouveau César me tenaillait. Lucas Barjols s'était absenté mais avait laissé des instructions me concernant. Un employé m'informa que je pouvais venir aussi souvent que je le désirais et je lui certifiai en retour que je n'abuserais pas de cette liberté.

C'était vrai. Je devais être présente au cabinet le plus possible.

La promenade avec César me fit encore du bien. Je me sentais libre, comme je ne l'avais pas été depuis longtemps. Lorsque je regagnai le Mas de la Source, je pris une longue douche tiède et appelai Florence.

Elle qui savait beaucoup de choses sur moi connaissait la raison réelle de mon installation dans les Alpilles. Je lui parlai de César et lui demandai quand elle avait l'intention de venir au mas.

— Toi, tu as une meilleure voix, me dit-elle.

C'était vrai. Je me sentais mieux.

Cependant, je n'avais pas encore rencontré celui qui avait motivé ma venue dans les Alpilles.

*

Tanguy, 1960

Contre toute attente, Michael le journaliste était plutôt sympathique. Passionné par l'art moderne, il évoqua avec moi les Maeght, à Saint-Paul-de-Vence, chez qui il était reçu régulièrement.

Il ne chercha pas à disserter sur mon œuvre, se contentant de dire qu'il aimait mes animaux en bronze. Il évoqua Jean Cocteau et les surréalistes.

Nous devisâmes à propos de Dalí et des « cadavres exquis », de la galvanoplastie et du bestiaire merveilleux que j'avais créé.

Moi, le solitaire, je pris plaisir à cette conversation. J'entraînai même Michael dans mon champ d'oliviers, dont j'étais particulièrement fier.

— La première fois... lui dis-je. Quand j'ai cueilli mes olives et les ai portées au moulin... j'ai eu le sentiment d'avoir été adopté par cette terre et de lui appartenir. C'était puissant.

Lorsque le journaliste fut reparti, je me surpris à penser que cette entrevue avait été plutôt agréable. Elle avait au moins le mérite de m'ouvrir de nouvelles perspectives et m'avait donné envie de retourner à Saint-Paul-de-Vence.

Des projets... tout ce dont j'avais besoin.

Isaure, 1960

Lentement, je m'habituais à ma nouvelle existence. J'avais pris le pli d'acheter le quotidien au bar-tabac du village, je le lisais avec beaucoup d'attention afin de me familiariser avec la vie du pays.

La boulangère nommée Mireille était sympathique. Le jour où elle m'invita à goûter une navette, je me sentis adoptée. De son côté, Orlov faisait mille grâces au boucher. En l'espace de quelques mois, je me sentais mieux intégrée que dans ma banlieue. Les patients venaient, puis revenaient, pour les vaccins et le suivi.

Je reprenais confiance en moi. Mais je n'avais pas encore franchi le pas décisif.

Je me décidai un samedi, jour de fermeture du cabinet. Je devais me rendre à la manade en fin d'après-midi. Je disposais du temps nécessaire pour pousser jusqu'au Mas de l'Étoile.

Là-bas, je devrais improviser. Je ne voulais pas y songer.
Pas encore.
Je n'avais pas le droit d'échouer.

*

Tanguy, 1960

Le visage protégé par un masque de soudure, je maniais le chalumeau quand je l'aperçus.

Elle était grande, mince, et paraissait troublée. Une belle fille, au demeurant, avec des yeux bleu foncé, une masse de cheveux d'un blond chaud et des lèvres pleines. Mais son regard exprimait comme de l'attente.

Cela me fit un peu peur, sans que je puisse expliquer pourquoi.

Je relevai la tête.

— Oui ? fis-je d'un ton peu amène.

Ils n'étaient pas nombreux à venir me déranger. Ma réputation d'ours était solidement établie dans la région.

« L'artiste ? Il n'aime pas trop qu'on vienne chez lui », disait-on.

Ma visiteuse amorça un sourire.

— Bonjour. J'aurais aimé découvrir vos œuvres.

Je poussai un soupir.

— Je n'expose pas chez moi.

— Où dois-je me rendre dans ce cas ?

— À la galerie Zenica, à Saint-Rémy. J'ai aussi quelques sculptures à Arles, chez Winckler. Vous connaissez le coin ?

— Je suis installée depuis peu à Maillane.

— Bienvenue dans les Alpilles.

Son chien, qui était resté sage jusqu'à présent, s'approcha de moi en frétillant. Je lui lançai un « Bonjour, toi ! » qui provoqua un véritable délire. Étonnée, sa maîtresse me jeta un regard ébahi.

— D'habitude, mon chien est défiant avec les étrangers.

Je haussai les épaules.

— Je n'ai aucune explication à vous donner. C'est ainsi, voilà tout !

Déjà, je me penchais à nouveau sur mon ouvrage. Elle n'existait plus pour moi.

Elle me salua d'un signe de tête et fit demi-tour. Son chien se fit tirer l'oreille pour la suivre. Il se décida quand elle sortit du jardin de la propriété et la rejoignit au galop. Elle remontait lentement l'allée bordée d'oliviers.

Mû par une impulsion irraisonnée, j'éteignis mon chalumeau, ôtai gants et tablier et courus derrière elle et la hélai depuis la grille du mas, grande ouverte.

— Attendez !

Elle marqua une hésitation.

— Revenez ! insistai-je.

Elle était tentée de ne pas me prêter attention, je le perçus. Cependant, elle rebroussa chemin. Je me demandai pour quelle raison.

Tout comme j'aurais aimé savoir pourquoi je l'avais rappelée.

Elle ne représentait rien pour moi.

*

Isaure, 1960

« Je suis un vrai sauvage, m'a-t-il dit, avant de s'excuser. Désolé, je me comporte comme un rustre, je peux vous montrer mes dernières réalisations. Si vous y tenez toujours. »

J'acquiesçai, naturellement. Il m'entraîna vers un grangeon en pierres sèches.

« Mon atelier », déclara-t-il en ouvrant la porte d'un geste théâtral empreint d'autodérision.

À cet instant, j'eus la certitude qu'il ne s'était jamais pris vraiment au sérieux.

Cela modifiait-il mon opinion à son sujet ? Je ne le savais pas.

En tout cas, ses œuvres étaient originales, dérangeantes et... « me parlaient ». C'était difficile à expliquer. J'avais l'impression que lui et moi nous trouvions sur la même longueur d'onde.

Sans pour autant avoir éprouvé le besoin de nous présenter (ce qui m'arrangeait, d'ailleurs, car je n'avais pas l'intention de lui donner mon nom).

Il m'expliqua qu'il s'était lancé dans la sculpture du bronze parce que ce matériau lui plaisait, tout simplement.

Ses sculptures révélaient un homme hypersensible. Ce constat m'émouvait, alors que j'étais venue dans les Alpilles persuadée que je devrais lui réclamer des comptes à un moment ou à un autre.

Nous nous quittâmes en bons termes, et je promis de revenir.

Cependant, en reprenant le chemin du Mas de la Source, je me dis que je n'avais pas avancé d'un pouce.

Tanguy Sennelier était sympathique, certes, mais ce n'était pas ce que je recherchais. Je désirais comprendre.

Rien d'autre.

*

Tanguy, 1960

L'article de Michael Gémont n'était pas seulement élogieux, il suscitait l'envie de mieux connaître mon œuvre.

Songeur, je repliai le journal. Je ne savais pas si j'étais heureux. Plutôt touché, comme si j'étais enfin reconnu. Je me souvenais des années de galère, durant lesquelles je m'étais battu pour persévérer, pour ne pas lâcher prise. On ne m'avait pas soutenu dans ma famille. De toute manière, je préférais qu'il en fût ainsi. Dès que j'avais eu vingt et un ans, j'avais coupé les ponts avec les miens, sans espoir de retour.

Je ne pourrais jamais leur pardonner ce qu'ils avaient fait.

Orphée sur les talons, je sortis dans le jardin. La visite impromptue de la jeune femme, la veille, m'avait fait l'effet d'une longue goulée d'air frais. Elle était sensible, et sympathique. Je ne lui avais même pas demandé comment elle s'appelait !

Peu importait, me dis-je avec un haussement d'épaules. Je n'avais pas l'intention de me lier avec qui que ce fût.

De gros nuages blancs, un peu trop joufflus à mon goût, se pourchassaient dans le ciel qui virait au gris.

Ce changement de temps ne me disait rien qui vaille.

J'avais la pluie en horreur. Celle-ci réveillait mes rhumatismes. Je souffrais de l'épaule et de la main gauches, ce qui m'obligeait à porter des attelles en période de crise douloureuse.

Tu deviens vieux, mon pauvre Tanguy ! me dis-je.

Qu'attendais-je encore de la vie ? Peu de choses, en vérité ! Je n'avais plus de famille, pas d'héritiers. Mes biens iraient enrichir l'État. Je caressais le projet de créer une fondation destinée à aider les jeunes artistes. Une sorte de bourse d'études.

Je n'avais jamais regretté de ne pas avoir d'enfants. Si Elle ne pouvait m'en donner, je n'en aurais de personne. Et j'avais tenu parole.

Les premières années, cela ne m'avait même pas pesé. Par la suite, il était trop tard. D'ailleurs, lorsque par hasard je me surprenais à songer que je pourrais – peut-être – refaire ma vie, comme si je n'avais pas eu en horreur cette expression, je la voyais aussitôt, Elle, avec son long cou, ses grands yeux sombres et ses lèvres pleines.

Et je me remémorais alors le poème d'Apollinaire, que je lui murmurais à l'oreille :

> *Ta bouche me disait des mots de damnation pervers*
>   *et si tendres*
> *Que je me demande ô mon âme blessée*
> *Comment j'ai pu alors sans mourir les entendre*
> *Ô mots si doux si forts que quand j'y pense il me*
>   *semble*
> *Que je les touche*
> *Et que s'ouvre encore la porte de ta bouche*[1].

Lou... ô Lou...
Elle me manquait toujours.

*

Isaure, 1960

Nous nous entendons de mieux en mieux, César et moi. Je monte au moins une fois par semaine et suis ravie quand Lucas m'accompagne. Il me fait découvrir une Camargue secrète et insolite. Quand les flamants

---

1. Extrait de « En allant chercher des obus » de Guillaume Apollinaire.

roses s'envolent dans un froissement d'ailes en direction de la mer ou que je découvre un héron pourpré, j'ai l'impression d'accéder à un monde réservé aux initiés.

Lucas me raconte cette terre que, depuis des siècles, les taureaux noirs et les chevaux blancs se partagent. Une terre à nulle autre pareille.

Lui et moi nous découvrons de nombreux points communs au fil de nos échanges.

Passionné par son métier, il a choisi depuis longtemps de se consacrer à la manade familiale. Il a deux sœurs, qui vivent sur la côte et ont peur des chevaux.

« La honte absolue pour mon père ! » a-t-il commenté.

Ses parents sont décédés il y a quelques années.

« Un stupide accident de la route », a-t-il glissé, sans donner plus d'explications. Lui s'est consacré au travail, sans répit. Il commence à apercevoir le bout du tunnel : ses chevaux sont réputés, et ses taureaux recherchés pour les courses camarguaises. Cependant il accuse le poids de la solitude. « J'ai tout sacrifié pour atteindre mon but », m'a-t-il confié.

Dommage que je ne puisse à mon tour lui raconter ce qu'a été ma vie. Je craindrais de l'effrayer ! De plus, qui peut dire si notre relation va perdurer ? Nous sommes dans un entre-deux plutôt flou qui me convient assez. Un peu plus qu'amis, pas encore amants.

J'ai parlé de lui à Florence au téléphone. Elle m'a annoncé son arrivée le prochain week-end. « Il pleut à Paris, j'ai besoin de soleil. Et de te voir, accessoirement ! »

Philomène et moi avons préparé la chambre à donner, prévu les repas. J'étais à la fois impatiente et stressée parce que Florence, qui me connaissait bien, saurait tout de suite comment j'allais.

Le temps était superbe, comme le plus souvent. J'avais acheté des coussins, de nouveaux rideaux pour apporter ma touche personnelle au Mas de la Source. C'était étrange… Je commençais à m'y sentir chez moi.

À la gare d'Avignon, mon amie est descendue en agitant la main en tous sens. Elle ployait sous le poids d'une énorme valise. Nous nous sommes jetées dans les bras l'une de l'autre.

Elle m'a considérée avec attention avant de lancer :

— Dis donc ! Tu as l'air en pleine forme !

Je ne pouvais pas lui retourner le compliment car elle paraissait fatiguée.

— J'avais pas mal de travail ces derniers mois, m'a-t-elle confié.

Elle est tombée sous le charme du mas et des Alpilles, s'extasiant sur l'emplacement, les cyprès et les oliviers.

— Waouh ! s'écrie-t-elle. Si je peux un jour me reconvertir, je descends dans le coin.

Florence possède une boutique de vêtements rue de Rennes. C'est grâce à elle que je suis – un peu – la mode. Aujourd'hui, elle porte un kilt écossais, un pull chaussette bleu marine et des babies noires vernies. Avec ses longs cheveux blonds et ses yeux bleus, elle est ravissante.

Et elle sait presque tout de moi.

Presque.

*

Tanguy, 1960

Certaines nuits, je suis de nouveau avec Elle. Contre Elle. En Elle. Et c'est merveilleux. Même si, au fond de moi, je sais que ce n'est pas la réalité, et que je finirai fatalement par me réveiller.

Il en est toujours ainsi, depuis trente ans. Elle est morte. Même si j'aurais donné n'importe quoi pour que notre histoire se poursuive, éternellement, je sais que je ne remonterai pas le cours du passé.

Je me lève, la bouche sèche. Orphée s'écarte du chemin en grondant. Orphée déteste être réveillé de bon matin. Je vais boire un verre d'eau à la cuisine.

Au petit matin, les souvenirs reviennent avec force. Je me revoyais, à dix-sept ans, alors qu'Elle tentait de m'initier aux arcanes du piano. La vieille mademoiselle Ulrich s'était cassé le col du fémur, et Elle l'avait remplacée.

Je me souviens de tout. De ses cheveux dorés, qui s'échappaient de son petit chignon, de ses longues mains fines, de son profil délicat, de son parfum que j'avais mis des semaines à identifier.

Je n'étais pas tombé sous son charme immédiatement – je ne prisais guère le piano, imposé par une mère autoritaire – mais de façon insidieuse. Chaque semaine, au retour du lycée, je guettais son arrivée.

Souvent en retard, elle me priait de l'excuser. Elle était légèrement essoufflée après avoir grimpé trop vite les trois étages. Ses yeux riaient. C'étaient sa joie de vivre, son côté solaire qui m'avaient d'abord séduit. Lorsque j'avais réalisé ce qui m'arrivait, il était trop tard. J'étais fou d'elle.

J'observais ses mains fines effleurant les touches du piano, et je brûlais du désir de caresser son corps. Que portait-Elle sous sa robe ? Des dessous en soie qui crissaient délicatement lorsqu'Elle ôtait ses vêtements ? Des images me submergeaient, bien que ce ne soit pas le plus important. Je voulais vivre avec Elle, tout partager avec Elle. L'aimer, moi qui n'avais connu que quelques relations tarifées, de celles qui, précisément, n'avaient rien à voir avec l'amour.

Je l'admirais, suivais le rythme hypnotique de ses doigts sur le clavier, jusqu'à ce qu'Elle s'interrompe et me dise, de sa voix légèrement voilée : « À vous, Tanguy. Amoroso. »

Amoroso... Quel mot délicieux, enthousiasmant. Tendrement, amoureusement... Tout un programme !

J'y adhérais bien volontiers.

*

Isaure, 1960

— Tu l'as retrouvé, n'est-ce pas ?

Notre première rencontre remonte à l'école maternelle. J'étais seule dans la cour de récréation, paniquée à l'idée d'affronter ces enfants qui se connaissaient tous.

Elle était venue vers moi, m'avait tendu la main pour m'entraîner vers la marelle.

« Je m'appelle Florence. Et toi ? »

C'était ainsi que tout avait commencé. Le premier jour d'une amitié indéfectible.

Je soutiens son regard bienveillant et hoche la tête.

— Oui.

J'ai la gorge serrée. Florence m'a accompagnée dans mes recherches depuis le début. Elle sait combien c'est important pour moi.

— Alors ? Raconte !

J'esquisse un sourire triste.

— Il n'y a presque rien à raconter. Il est sculpteur, je suis allée le voir. Point final.

Le ravissant visage de Florence se froisse de contrariété.

— Tu ne vas pas en rester là ! Tu dois lui parler.

— Pour lui dire quoi ? Qu'il a gâché ma jeunesse ? Connaissait-il seulement mon existence ? De plus, il n'était pas le seul responsable.

— Tu ne lui as jamais pardonné, n'est-ce pas ?

Je soutins le regard de mon amie.

— À qui ? À lui ? Ou à Elle ?

Je me souviens. J'avais à peine trois ans. Je me rappelle les cris, les pleurs, les claquements de porte. Puis le silence. Un silence terrifiant. Ce soir-là, j'ai éprouvé la certitude que plus rien, jamais, ne serait comme avant.

Et c'était vrai.

La voix décidée de Florence interrompt le cours de mes souvenirs.

— On y va ! Toi et moi. De toute manière, tu n'as rien à perdre !

— Je ne sais pas, dis-je.

Au pied du mur, j'ai peur. Un sentiment horrible, qui me tord le ventre.

Elle passe son bras autour de mes épaules.

— J'imagine ce que tu peux éprouver, ma belle. Mais tu as besoin de le faire. Tu dois le faire. Pour aller de l'avant dans ta vie.

À ce moment-là, je pense à Lucas, et je sais qu'elle a raison.

Il est grand temps.

*

Tanguy, 1960

J'aimais le moment où la sculpture prenait forme, où je voyais se concrétiser l'objet que j'avais imaginé.

J'avais suivi une formation de ferronnier à ma sortie des Arts déco. Mon père avait blêmi de colère.

Ne rêvait-il pas d'un fils médecin, comme lui ? Il m'avait coupé les vivres bien entendu. Quelque part, je préférais qu'il en fût ainsi. Ne plus rien leur devoir. Me débrouiller seul.

J'avais travaillé comme serveur le samedi soir et le dimanche pour subvenir à mes besoins, cumulé les petits boulots. J'y avais acquis une certaine philosophie de vie, ainsi que le goût de la liberté.

M'étant affranchi de la tutelle parentale, ayant choisi de vivre malgré tout, je m'étais consacré à mon art, cherchant sans cesse à me dépasser.

Cependant, à l'approche de la cinquantaine, je m'interrogeais quant au sens donné à ma vie. Certes, j'étais reconnu comme artiste, j'avais volontairement sacrifié toute vie de famille. Avais-je eu raison ? Le fait même de me poser la question ne constituait-il pas un élément de réponse ?

Or, je ne prisais guère ce genre d'introspection.

Orphée vint se frotter contre mes jambes en ronronnant. D'ordinaire, le chat ne se montrait pas aussi câlin.

Tout arrive ! me dis-je, amusé.
— Monsieur Sennelier ?
Je tournai la tête.
Deux visiteuses remontaient l'allée. Je reconnus la plus grande, celle qui était déjà venue me rendre visite quelques semaines auparavant. De nouveau, j'éprouvai l'impression étrange de la connaître.
Mais, bien entendu, c'était impossible.
Je me penchai pour caresser Orphée.
J'appréhendais cette nouvelle visite.

*

Isaure, 1960

Florence a raison, il est plus que temps de crever l'abcès. Même si je meurs de peur. Comment lui dire ? Il suffit peut-être de me présenter ?
Brusquement, alors que nous remontons l'allée menant au Mas de l'Étoile, je trouve mille et une raisons de faire demi-tour et de fuir. Heureusement, Florence ne me lâche pas d'une semelle. Elle me surveille du coin de l'œil, comme si elle redoutait que je flanche.
Je lui ai tout raconté alors que nous étions au CM2 et qu'une maîtresse inspirée nous faisait découvrir la musique classique.
Je lui ai dit : « Ma mère était professeur de piano. » Et puis : « Je me souviens à peine d'elle. De son parfum, surtout. »
Ce jour-là, Florence m'a donné une belle preuve d'amitié. Elle m'a confié qu'elle savait pour ma mère. On en avait paraît-il parlé lors de ma première rentrée.

Les institutrices avaient recommandé de ne pas m'en souffler mot. Curieusement, personne n'avait enfreint leur consigne.

— Ils avaient tout intérêt ! poursuit mon amie. Sinon ils m'auraient trouvée sur leur chemin !

Ma Flo, mon amie. Elle qui avait bravé les sœurs du catéchisme le jour où elles avaient expliqué que les divorcés allaient directement en enfer. Elle m'avait vue pâlir et elle avait lancé à sœur Saint-Jean-Baptiste : « Ma sœur, vous n'en savez rien ! »

Nous avions été exclues toutes les deux. Florence pour insolence et moi pour avoir ri, sans pouvoir m'arrêter. Ri tant et si bien pour ne pas m'effondrer en sanglots.

Souvenir précieux d'une amitié indéfectible, à la vie à la mort.

La main de Florence serre la mienne, me communique son courage.

Il regarde dans notre direction. Tanguy Sennelier, célèbre sculpteur qui fuit les médias.

L'homme par qui le scandale est arrivé, il y a plus de trente ans. Celui qui m'a ravi Lou, ma mère.

Je l'appelle : « Monsieur Sennelier ! », et j'accélère le pas. Comme pour m'empêcher de me dérober au dernier moment devant l'obstacle.

Il me regarde et j'ai l'impression qu'il voit quelqu'un d'autre.

Elle.

C'est tout à fait ça. La panique me submerge. Impossible d'ouvrir la bouche, de prononcer un mot. Et ce regard, qui me transperce, comme si je détenais les clés de son existence.

Oh ! Maman... pourquoi m'as-tu abandonnée ?
Les larmes coulent, ruissellent le long de mes joues.
Je ne cherche même pas à les essuyer.
Je me plante devant lui, et je lance :
— Je suis la fille de Lou.

*

Tanguy, 1960

Au fond de moi, j'avais un doute – cette ressemblance tenant plus à l'allure qu'aux traits – et puis cette façon de planter son regard dans le mien, comme pour me mettre au défi. De quoi, exactement ? Il y a déjà si longtemps que j'ai l'impression d'être mort...
À cet instant, je me remémore les vers d'Apollinaire :

La nuit descend
On y pressent
Un long un long destin de sang[1].

Je ne trouve pas les mots. Alors, je lui tends la main.
— Tu lui ressembles, dis-je.
Avant d'ajouter :
— Quel est ton prénom ?
Elle rejette la tête en arrière.
— Je m'appelle Isaure. C'est Elle qui avait choisi. Mon père voulait me prénommer Jeanne.
— C'eût été dommage.
Se réfugier derrière des banalités, comme pour faire reculer l'indicible. Comment m'a-t-elle retrouvé ? Loin,

---

1. Extrait de « Poèmes à Lou ».

dans sa mémoire, je crois entendre cette confidence de Lou.

« Je ne peux pas tout abandonner pour vous. J'ai une petite fille... ! »

À dix-huit ans, je ne mesurais pas l'ampleur du sacrifice que j'exigeais d'elle. Je voulais tout.

Je la désirais sans passé, sans attaches... comme si les sept années qui nous séparaient n'avaient jamais existé.

À présent, je me rendais compte de mon égoïsme. J'étais trop jeune, je n'avais rien compris. Avais-je seulement su l'aimer ?

Nous sommes trois, plantés au milieu de l'allée. Son chien tente d'approcher Orphée, ce qui lui vaut des feulements furieux et dissuasifs.

Elle sourit, comme pour masquer sa gêne.

— Pas commode, votre chat !

Je propose :

— Venez.

Il faut que je sache. Ce qu'elle a fait de sa vie. Comment elle a survécu à la mort de Lou.

La mort de Lou... Ces quatre mots entérinent une réalité que j'ai cherché à occulter depuis des années. Comme si Elle avait pu réapparaître, d'un coup...

Les jeunes femmes pénètrent à ma suite dans la salle du mas. Je l'ai aménagée selon mes goûts, plutôt spartiates. Quelques tableaux accrochés aux murs chaulés. Des photographies en noir et blanc, comme pour retenir le temps. Un canapé en velours chocolat, deux fauteuils assortis, une maie en noyer aux pieds raccourcis en guise de table basse. Pas de rideaux aux fenêtres, pour mieux profiter du jardin et des arbres en fleurs, au printemps. Pas de réelle touche féminine, un antre de célibataire irréductible. Ce que je suis.

— Asseyez-vous.

Je voudrais savoir parler pour ne rien dire, histoire de meubler ce silence trop lourd. Je n'ai jamais su.

Elle, Isaure, me fixe. Elle est résolue.

— Que s'est-il passé exactement en 1930 ? lance-t-elle. Pourquoi s'est-elle tuée ?

En face d'elle, je soupire. Elle lit le chagrin dans chacune de mes rides. J'écarte les mains, en signe d'impuissance.

Je réponds enfin, d'une voix un peu cassée :

— Je reste persuadé que Lou n'a pas vraiment voulu mettre fin à ses jours. Elle redoutait d'être condamnée à la prison, pour détournement de mineur, mes parents avaient intenté une action en justice contre elle, et son mari, votre père, refusait qu'elle vous voie. Elle souffrait d'insomnies, de crises d'angoisse, mais n'était pas suicidaire. Elle – cette fois, ma voix s'étrangle – elle aimait tant la vie.

— Détournement de mineur ! soupire Isaure. Elle avait à peine sept ans de plus que vous, non ? À ce compte-là, Aliénor d'Aquitaine ou Diane de Poitiers auraient pu être accusées du même délit !

J'esquisse un sourire empreint de tristesse.

— Certes, mais leurs amants étaient majeurs. À dix-huit ans, j'étais toujours sous l'autorité paternelle et mon père a tout fait pour briser Lou.

— Le mien ne vaut guère mieux, commente Isaure, les lèvres serrées.

Elle s'essuie les yeux d'un geste rageur.

Je reprends :

— Comment m'avez-vous retrouvé ?

— J'ai épluché la presse de l'époque. Elle ne mentionnait pas votre nom de famille, mais j'ai eu recours aux services d'un détective privé. « L'affaire », comme ils disaient, avait laissé des traces dans votre quartier. Ça m'a permis de poursuivre mes recherches.

— Isaure a hésité longtemps avant de venir s'installer dans les Alpilles, ajoute son amie. Mais c'était important pour elle.

J'incline la tête, comme pour dire que je comprends.

J'aimerais lui dire que Lou était une femme merveilleuse, douce et passionnée à la fois. Qu'elles ont la même voix, et que j'aurais dû m'en rendre compte dès notre première rencontre. J'aimerais lui confier que Lou a marqué ma vie à jamais mais ne risque-t-elle pas d'en prendre ombrage ? Elle a perdu sa mère très jeune et, quelque part, c'est en partie à cause de moi.

La culpabilité pèse sur mes épaules, j'en sens le poids, de façon... physique.

Je me contente de souffler :

— Je suis désolé.

Peine, désarroi, regrets... Que puis-je faire ? Mon impuissance me désespère.

La jeune femme se lève, se rapproche de moi. Elle tend les mains vers moi.

— Parlez-moi d'elle, je vous en prie, murmure-t-elle. Racontez-moi tout ce dont vous vous souvenez.

Je ferme à demi les yeux. Je la devine, mieux, je la vois, alors que nous marchions tous deux du même pas dans les allées du jardin du Luxembourg.

— Elle portait un parfum qui semblait avoir été créé pour elle. C'était… Gardénia de Chanel, il l'enveloppait d'une façon incroyable.

Brusquement, les larmes se mettent à couler. Je regarde Isaure, secoue la tête.

— Pardonnez-moi. Je ne veux pas vous faire de peine. Surtout pas.

— Grâce à vous, je vais mieux la connaître.

Orlov pousse sa jambe du bout du museau. Elle lui gratte la tête, d'une caresse familière.

Dans sa tête, ce nom de parfum, Gardénia. C'est si personnel qu'elle en a le souffle coupé.

— Qu'êtes-vous devenue ? reprends-je avec douceur.

— Je suis vétérinaire. Grâce à mon grand-père, qui exerçait lui aussi cette profession. Il m'a toujours soutenue.

— Vous n'étiez donc pas seule.

Nos regards se prennent. Elle acquiesce d'un hochement de tête.

Subitement, le temps s'arrête. Nous sommes face à face, Isaure et moi, et Lou constitue notre seul lien.

— Avez-vous une photo d'elle ? demande Isaure.

Je me lève, vais chercher son portefeuille sur la cheminée. Je l'ouvre, en sors un cliché dont les bords sont écornés, le tends à la jeune femme.

Elle remarque le frémissement de ma main.

J'explique :

— C'était à Étretat. Nous avions réussi à nous échapper un week-end. C'est… ensuite que mes parents ont porté plainte pour détournement de mineur.

Lou sourit à l'objectif. Elle a les cheveux fous, le sourire et, cependant, une ombre voile son regard.

Pense-t-elle à sa petite fille ? Ou bien à tout ce qui menace notre amour ?

Isaure ne le saura jamais. Et, je suis incapable de la renseigner.

Je déclare alors :

— Elle vous aimait. Elle me parlait de vous. Vous étiez sa petite perle.

Soudainement, Isaure fond en larmes. « Ma petite perle »... elle croit entendre la voix de sa mère, lorsqu'elle venait l'embrasser le soir. Elle lui a tant manqué ! Et, elle le pressent, Tanguy peut l'aider à mieux connaître Lou.

Comme à surmonter ses peurs et ses blocages.

Lorsqu'elles prennent congé, je garde la main d'Isaure entre les miennes.

— Merci d'être venue, lui dis-je.

Je ne pleurerai pas, mais mes yeux brillent. Dans ma tête, j'entends le rire frais de Lou. J'ai l'impression que son parfum flotte autour de nous.

Elle est là. Tout près.

— Merci à toi, dit simplement Isaure.

Et, par ce tutoiement, elle me fait comprendre que nous nous reverrons.

En mémoire de Lou.

LE SECRET DE MARTHE

Nul châtiment n'est pire que le remords.

SÉNÈQUE

1999

Marthe – Manette pour sa tribu – sourit à sa famille, rassemblée comme chaque année au Mas des Lavandes. Ils étaient tous venus, pas un n'aurait dérogé à cette règle impérieuse, fêter Noël tous ensemble.

Elle eut une pensée pour Victor, son époux, mort depuis longtemps.

« Je m'en suis sortie, malgré toi. »

Elle éprouvait un sentiment de fierté. Quelque chose d'autre, aussi, qu'elle n'avait pas envie d'approfondir.

Il y avait si longtemps. Elle avait appris à « faire avec », comme disait sa mère. De toute manière, elle n'avait pas eu le choix.

Nathalie, son aînée, lui adressa un sourire empreint de tendresse. Quels souvenirs avait-elle gardés de sa petite enfance ? se demanda Marthe, soudain mal à l'aise.

Elle fut tentée de hausser les épaules. C'était si loin ! Elle avait refait sa vie au Mas des Lavandes, dans le village de Sault situé au pays des lavandes, au pied du Ventoux, et ne l'avait pas regretté. Cependant, le choix de l'expression – refaire sa vie – la troublait. Elle ne s'était pas remariée, ni laissé séduire. Victor l'avait dégoûtée des hommes. Ses enfants suffisaient à son bonheur. À soixante-deux ans, Nathalie était une dentiste réputée. Son frère, Lucas, soixante ans, possédait un garage spécialisé en voitures « premium » allemandes et britanniques. Tous deux avaient réussi, au niveau professionnel et familial. Ils étaient heureux.

Brusquement, Marthe crut entendre la voix plaintive de madame Julia, son ancienne patronne.

« Marthe ! Vous avez bien passé l'argenterie au blanc d'Espagne ? »

Elle secoua la tête comme pour chasser cette réminiscence. Madame Julia était morte depuis longtemps et Marthe était persuadée l'avoir oubliée ou bien elle avait tenté de s'en convaincre.

— Manette ! lança Arthur, son petit-fils. On dirait bien que tu n'es plus avec nous.

Elle fit un effort pour revenir à la conversation qui roulait sur la perspective d'un Noël blanc.

Marthe esquissa une moue.

— Ça m'étonnerait fort, remarqua-t-elle. Mon genou me laisse tranquille pour le moment.

La tablée sourit. Le genou de Manette constituait un baromètre infaillible, tout le monde le savait. De plus, la neige se faisait parfois désirer dans la région.

— Nous verrons bien, conclut Lucas.

Elle se surprit à songer qu'elle avait de la chance. Sa famille était unie autour d'elle. C'était grâce à elle, parce qu'elle était restée proche de ses enfants.

Victor ne l'aurait jamais soutenue. Il aimait trop diviser pour régner.

Basta ! Elle ne voulait pas évoquer Victor. Il lui gâcherait la journée de Noël, alors qu'elle avait toujours imaginé que cette journée-là lui réservait le meilleur.

Ils firent honneur aux poulets aux girolles servis avec un gratin de cardons.

Stéphanie officiait en cuisine. Elle travaillait au Mas des Lavandes depuis plus de trente ans, ce qui lui conférait une certaine liberté de ton avec les membres de la famille. Elle vivait seule avec Marthe quand les enfants et petits-enfants retournaient en ville.

Toutes deux s'entendaient plutôt bien, du moment qu'elles n'empiétaient pas sur leurs activités respectives.

Nathalie savait que, sans Stéphanie, sa mère n'aurait pu rester au Mas. Or, imaginer Marthe vivant ailleurs était tout simplement inconcevable. Clément, son époux, dentiste lui aussi, sourit à Nathalie. Même s'il avait l'élégance de ne pas se plaindre, il faisait un louable effort en venant passer les fêtes au pied du Ventoux. Citadin dans l'âme, il s'ennuyait horriblement dès qu'il s'éloignait de Marseille.

Nathalie posa la main sur le poignet de son mari, comme pour lui dire : Je suis là. Ne t'inquiète pas, ça ne durera pas trop longtemps.

Il lui pressa la main. Leur amour et leur complicité étaient intacts malgré ou à cause de trente-cinq ans de mariage.

Marthe, qui avait surpris leur geste tendre, esquissa un sourire rêveur. Elle-même n'avait pas connu ces moments d'échange, sans pour autant le regretter.

À vingt-cinq ans, elle avait un seul objectif : sauver sa peau et celle de ses enfants. Ce souvenir lui serra le cœur. Elle ne voulait plus y songer.

Salomé, l'aînée de Nathalie, se tourna vers Arthur.

— Au fait... as-tu enfin choisi ton thème pour ton dossier ?

Arthur terminait un doctorat d'histoire dans le but de devenir par la suite enseignant-chercheur. Il devait présenter sa thèse à la fin du printemps et plusieurs de ses sujets avaient été refusés par son directeur de recherche.

Il piqua une girolle du bout de sa fourchette avant de répondre à sa sœur :

— Oui, ça a été accepté. Je bosse sur la Résistance dans le Jura.

Salomé fronça les sourcils.

— Le Jura ? Pourquoi donc ?

Curieusement, le silence s'était installé à la table familiale. Nathalie, qui regardait du côté de sa mère, lui trouva un air bizarre, presque... hagard. Marthe crispait les doigts sur son verre à vin.

— Ce n'est pas souvent traité, je te l'accorde. C'est pour cette raison que mon projet a été retenu. Ce qui est intéressant, c'est que ce département était traversé par la ligne de démarcation. De plus, la proximité de la Suisse favorisait l'activité des passeurs.

Un bruit sec fit sursauter les convives. Le verre de Marthe venait de se briser et de multiples éclats de verre jonchaient son assiette comme la nappe.

On s'empressa autour de la vieille dame, qui secouait la tête d'un air perdu et contemplait ses doigts ensanglantés. Brusquement, elle bascula en avant. Agnès, la femme de Lucas, poussa un cri d'effroi. Nathalie se précipita vers sa mère. Marthe était inanimée.

— Appelle le SAMU, vite, ordonna-t-elle à Clément.

*

1999

Je pense à eux quand j'abaisse ma garde. La nuit, vers trois heures, quand je me réveille et qu'il m'est impossible de retrouver le sommeil. Je les revois, avec leurs yeux inquiets, et cette façon compulsive de cramponner les poignées de leurs valises.

Vite, je tâtonne sur ma table de chevet à la recherche de mes comprimés magiques, ceux qui me font sombrer dans un sommeil lourd et sans rêves, et en avale un. Le temps qu'il produise son effet, je remonte la couette jusqu'au menton, ferme les yeux en m'efforçant de penser à des choses agréables.

Je me rappelle mon émotion le jour de la naissance de Salomé, puis celui de la naissance d'Arthur. Ce bonheur-là justifiait-il tout le reste ? Je refusais de me poser la question.

Ma mère me disait jadis : « Si tu dissimules soigneusement ce qui te fâche ou te cause du souci, tu finiras par l'oublier. » J'ai fait mienne cette règle d'or.

Jusqu'à présent, ça ne m'a pas trop mal réussi...

*

1999

— Laissez-la respirer, voyons ! ordonna sèchement Clément.

Il avait expliqué la situation au médecin coordinateur du SAMU, qui lui avait assuré envoyer le plus vite possible une ambulance.

« Malaise cardiaque », avait commenté Nathalie.

Elle s'efforçait de raisonner sans paniquer, comme elle l'aurait fait pour n'importe quel autre patient. Mais il s'agissait de sa mère, à qui la liait une relation exceptionnelle. Clément en avait éprouvé de la jalousie, aux premiers temps de leur mariage, jusqu'à ce qu'elle lui certifie que ce n'était pas le même amour. Par la suite, Marthe et lui étaient même devenus complices.

De toute manière, tout le monde aimait Marthe ! Douce, chaleureuse, elle mettait les gens à l'aise, avait gardé du temps de son activité commerciale des amies fidèles. Elles se réunissaient dans une salle de la mairie, chaque jeudi après-midi, pour des parties de cartes acharnées.

Le visage livide de sa mère affola Nathalie. Le pouls battait, faiblement. Elle se tourna vers son mari.

— Qu'est-ce qu'on peut faire ?

— Parle-lui, lui conseilla-t-il. Ne lâche pas sa main.

La brutalité du malaise de sa belle-mère l'avait surpris, lui aussi. Malgré sa silhouette frêle, Marthe était robuste et avait peu de soucis de santé. De l'arthrose, bien sûr, un genou réfractaire à la marche et un peu trop de cholestérol. Des broutilles à son âge ! Il en plaisantait de temps à autre avec Nathalie, prétendant : « Elle nous enterrera tous ! »

Elle éprouva un soulagement intense quand Arthur annonça :

— Voici les secours !

Salomé avait couru leur ouvrir la porte. Nathalie céda sa place au médecin qui procéda à un premier examen. Lorsqu'il se redressa, son visage était grave.

— Nous l'emmenons tout de suite à l'hôpital, annonça-t-il.

C'était la meilleure solution, bien sûr. Cependant Nathalie ne put s'empêcher de se sentir abandonnée lorsqu'elle vit partir Marthe sur une civière. Elle n'avait pas gardé le moindre souvenir de son père et sa mère était tout pour elle.

D'un même mouvement, Lucas et Clément se portèrent aux côtés de Nathalie pour la soutenir. Elle réprima un sanglot.

— Nous emmenons votre mère à Apt, précisa le médecin.

L'ambulance avait à peine démarré que Nathalie se ruait dans la chambre de sa mère. Elle sortit un sac de voyage du dressing, y jeta pêle-mêle nécessaire de toilette, linge de rechange, châle en cachemire. Elle ajouta le livre en cours qui se trouvait sur la table de chevet, ainsi qu'un carnet épais et son stylo. Elle agissait vite, dans l'urgence, sans réfléchir. Elle avait peur, horriblement, pour Marthe.

Sa belle-sœur Agnès hésita sur le seuil de la chambre.

— Tu as besoin d'aide ?

— Merci, mais j'ai terminé. Nous allons filer à Apt Clément et moi.

— Ce n'est peut-être pas très grave, reprit l'épouse de Lucas. Manette est robuste.

— Mais elle a quatre-vingt-quatre ans. Oh ! Je n'ai rien vu venir, elle est tombée d'un coup...

— Tu n'es pas responsable, voyons ! À son âge, ta mère est fragile.

— Peut-être, oui, concéda-t-elle à sa belle-sœur.

Il y avait autre chose, elle en était persuadée. Marthe n'était pas le genre de femme à s'évanouir comme ça, sans raison. Et Nathalie était fermement décidée à découvrir ce qui avait causé le malaise de sa mère.

*

1999

C'est monté d'un coup, et je n'ai rien pu faire. La voix d'Arthur qui me parvenait de façon lointaine... Pourquoi diable était-il allé ressortir cette histoire de ligne de démarcation passant par le Jura ? D'ailleurs, qu'est-ce qu'il connaît du Jura ? Rien du tout ! J'ai pris assez de précautions pour que ma famille ne se rende jamais là-bas !

J'aurais voulu... oh ! bien sûr, dans un monde idéal, je n'aurais pas été obligée d'agir comme je l'ai fait. Mais j'avais mes enfants à nourrir, et Victor qui menaçait de me tuer. Je ne pouvais pas rentrer chez moi, ce fou furieux était persuadé que je l'avais trompé avec Daniel, son meilleur ami. Comme si ç'avait été mon genre ! Mes journées étaient déjà assez longues comme ça, je n'allais pas en plus coucher avec ce pauvre Daniel qui avait le seul tort de me jeter des regards d'adoration. Cependant, quand cet imbécile de Victor a commencé à me rouer de coups, j'ai compris que je devais m'échapper, et vite. Je pouvais lui jurer tout ce que je voulais, sa seule idée était de me faire avouer… ce qui n'existait pas !

Un fou furieux…

Je flotte, j'ai l'impression d'être en lévitation au-dessus de mon lit.

Les ambulanciers me font glisser sur une civière. Hé ! doucement ! je ne suis pas un sac de patates ! Et encore ! Ils manipuleraient peut-être plus délicatement des denrées alimentaires !

Nathalie se mord les lèvres. Brave petite ! Elle a toujours été ma préférée.

C'est pour toi et pour ton frère que j'ai fait tout ça. Pour que vous ne viviez pas comme moi…

*

1999

— Elle a dit : « Pardon » ? s'étonna Nathalie. Pardon à qui ? Pour quoi ?

L'infirmière haussa les épaules.

— Je serais bien incapable de vous répondre. Je sais seulement qu'elle a répété en boucle « Pardon, pardon ». Elle pleurait aussi, m'a-t-on dit. Des larmes silencieuses qui coulaient le long de son visage.

Nathalie serra ses mains l'une contre l'autre. Elle avait eu beau rouler vite, Marthe venait de sombrer dans le coma lorsqu'elle arriva à l'hôpital.

Elle ressentit une impression d'injustice si forte qu'elle demeura comme tétanisée durant une bonne minute.

— Je ne comprends pas, murmura-t-elle enfin comme pour elle-même. Ce matin, elle paraissait être en pleine forme.

— Il en va souvent ainsi. Le cœur, ça ne pardonne pas. Il suffit d'un stress, d'une violente contrariété ou d'un effort physique. Son cardiologue l'avait mise en garde contre toute émotion forte ?

— Elle ne m'en a pas fait part, avoua Nathalie. Mais, de toute manière...

Elle fronça les sourcils. Que s'était-il donc passé durant le déjeuner ? Ah oui... la pâleur de Marthe, son verre brisé... De quoi parlait-on alors ? Du projet d'Arthur, à propos de la ligne de démarcation dans le Jura et des passeurs. Rien qui puisse justifier l'émoi de Marthe.

Celle-ci pourrait peut-être lui expliquer lorsqu'elle sortirait du coma, pensa Nathalie. Une façon comme une autre de ne pas sombrer...

*

1939

Il fallait que Victor soit mobilisé. C'était notre seule chance. Je priais en ce sens, moi qui me proclamais volontiers athée.

Je ne pouvais plus supporter l'existence que Victor me faisait mener. Sans Nathalie et Lucas, j'aurais mis fin à mes jours depuis longtemps.

Les coups, les insultes, avaient fait de moi une pauvre chose terrorisée.

Je n'avais que vingt-quatre ans et ma vie était déjà finie. Tant qu'il ne s'attaquait pas à mes bébés, je tiendrais. Pour eux.

J'avais vingt et un ans et je désirais échapper à ma famille. Père imbibé d'alcool, mère confite en bondieuseries et résignée à vivre son purgatoire sur terre... je ne pouvais plus supporter cette ambiance détestable. Je me suis laissé prendre au piège de belles paroles, de serments éternels. Un bal le soir du 14 juillet sur la place du village suffit pour me convaincre que Victor était l'homme de ma vie. Dans ses bras, je rêvai d'une autre existence. Ma mère tenta de me mettre en garde contre les beaux parleurs, je refusai de l'écouter. J'étais en effet certaine qu'elle cherchait à me garder auprès d'elle.

Les noces furent célébrées au début de l'automne. Le temps pressait : j'avais cédé à Victor fin juillet et ma grossesse n'allait pas tarder à devenir visible.

Du jour où nous nous installâmes dans la maison de ma belle-mère, le comportement de mon mari changea du tout au tout. Je devais me conformer à ses ordres et trimer du matin au soir. Victor se rendait chaque soir au café et en revenait éméché vers minuit. Pourquoi m'avait-il épousée ? Je l'ignorais et je cessai vite de me poser la question. De toute évidence, sa mère avait besoin d'une domestique et j'avais été assez stupide pour me jeter tête baissée dans ce traquenard.

Nathalie naquit la première, ce qui me valut une sévère correction. Pour Victor, j'avais fait exprès de le ridiculiser en donnant naissance à une « pisseuse ». Sa mère ne me fut d'aucune aide. J'avais déjà compris que ma présence lui permettait d'échapper aux actes de violence de son fils.

J'étais devenue le bouc émissaire. Impossible de me défendre, Victor étant une force de la nature. Sa mère s'y entendait pour attiser sa colère. Dès qu'il rentrait de l'usine, elle se plaignait de moi et les coups pleuvaient. J'aurais voulu mourir mais il y avait mon bébé, qui avait besoin de moi.

Dans cet enfer, je tombai très vite enceinte une seconde fois. J'aurais préféré ne pas mener cette seconde grossesse à terme mais, malgré la violence de mon mari, Lucas naquit. Un petit garçon chétif de deux kilos cinq cents qui s'accrocha à la vie.

Du jour où je croisai son regard bleu foncé, je sus que j'étais perdue. Je me battrais pour lui aussi farouchement que je le faisais pour son aînée.

Victor perdit son emploi. Une cuite de trop, une rixe dans l'usine... C'était ma faute, naturellement.

Entre-temps, la guerre éclata.

Et je me surpris à espérer. Pourvu qu'il soit mobilisé !

Sinon, le ciel me pardonne, je crois bien que je finirai par le tuer de mes propres mains.

*

1999

— Maman...

Assise près du lit médicalisé, Nathalie serre la main de sa mère entre les siennes.

Elle ne l'a jamais vue aussi faible, aussi fragile.

Malgré son grand âge, Marthe a toujours été une battante. Elle a mené sa barque seule, en femme indépendante.

Sur son lit, avec ces tuyaux qui la relient à des machines, ce n'est plus Marthe, mais une personne inconnue. Une étrangère.

Elle a déjà ressenti cette impression en la voyant s'effondrer. C'était sa mère, et ce n'était plus vraiment elle. Elle murmure des prières, sans savoir à qui les adresser. « Je vous en prie. Faites que… »

Elle sait bien que Marthe a quatre-vingt-quatre ans mais elle est solide.

Nathalie revoit le regard paniqué de sa mère avant qu'elle ne s'effondre.

Elle avait peur, c'est certain. De quoi ? Du malaise qu'elle sentait venir ? D'autre chose ? Nathalie avait beau s'interroger sans répit, elle ne comprenait pas.

Une infirmière se glissa sans bruit auprès d'elle, la faisant tressaillir. Elle sourit à Nathalie.

— Allez donc prendre un peu de repos, lui conseilla-t-elle. Nous vous appellerons s'il y a la moindre évolution de son état.

« J'ai des connaissances médicales, eut envie de répondre la fille de Marthe. Je sais très bien que l'état de maman risque fort de se dégrader. »

C'était ainsi qu'elle se voyait. La fille de Marthe, bien qu'elle ait dépassé la soixantaine. Comme si Marthe avait été le centre de son existence.

Elle fronça les sourcils.

— Je préfère rester auprès de ma mère. J'ai l'impression d'être utile, vous comprenez, même si je sais que ce n'est pas vrai.

L'infirmière acquiesça.

— Je comprends.

Le ton de sa voix, son sourire un peu crispé serrèrent le cœur de Nathalie. Le pronostic n'est pas bon, pensa-t-elle.

Elle se souleva légèrement sur sa chaise. Son dos était douloureux.

— J'aimerais revoir le médecin responsable du service.

Son interlocutrice inclina la tête.

— Je reviens vers vous dès que le docteur Rebbot peut vous recevoir.

Lucas n'était pas resté. Il avait toujours été mal à l'aise dans le milieu hospitalier. Clément était retourné à Marseille avec leurs enfants. Le cabinet à gérer, le travail de Salomé, les études d'Arthur... La vie continuait. Nathalie seule n'avait pu se résoudre à quitter l'hôpital d'Apt. Comme si sa présence à ses côtés avait maintenu Marthe en vie...

« Tu n'es pas toute-puissante », lui disait jadis sa mère. Elle aurait aimé la faire mentir.

« Ne me quitte pas, maman », chuchota-t-elle.

La nuit à venir serait particulièrement longue, elle le savait déjà.

*

1940

Malgré ses tentatives de désertion, Victor a été mobilisé comme les autres et a dû rejoindre le dépôt militaire le plus proche.

Je ne parvins pas à cacher ma joie et il me gratifia d'une sévère correction avant de partir.

« Pour que tu ne croies pas que je ne suis plus le maître », eut-il le front de me dire.

Il partit seul, son paquetage sur le dos.

J'étais alitée, avec plusieurs côtes cassées, et le visage couvert d'ecchymoses. Ma belle-mère se chargea des enfants, ce qui me permit de reprendre des forces.

J'étais seule, sans ressources mais je ne sursautais plus au moindre bruit. Les mois suivants, je constatai sans réelle surprise que Nathalie et Lucas paraissaient comme libérés. Sans la présence pesante de leur père, ils jouaient, criaient, comme des enfants de leur âge. De mon côté, je reprenais confiance en la vie, même si je redoutais le retour de mon époux. Cependant, je compris vite que nous ne pourrions survivre longtemps si je ne trouvais pas de travail.

Le pays était plongé dans ce qu'on appelait « la drôle de guerre ». Toute la France était en attente. Victor ne nous donnait pas signe de vie. Je me demandais comment il supportait l'abstinence forcée. À moins qu'il n'ait trouvé le moyen de continuer à boire ? Sur ce point, je ne m'illusionnais guère !

Je sonnai à toutes les portes pour obtenir un emploi. Madame Vasseur, l'épouse du maire, finit par m'indiquer une famille jurassienne. Celle-ci recherchait une personne de confiance pour entretenir la maison et le jardin. J'avais des compétences dans ces deux domaines et ma candidature fut acceptée. Restait le problème des enfants… Ma belle-mère, consciente de notre situation précaire, accepta de les garder moyennant rétribution.

C'est ainsi que, début janvier, je quittai la Côte-d'Or pour me rendre dans la vallée de la Loue.

*

1999

— Tant que le cœur tient...
Le docteur Rebbot, la cinquantaine dynamique, exhala un soupir.
— L'âge est là, je ne vous le cache pas. Votre mère est robuste mais j'ai l'impression qu'elle a cessé de se battre. Comme si, brusquement, elle avait jeté l'éponge.
Nathalie secoua la tête.
— Ce genre d'attitude ne lui ressemble pas. Ma mère a toujours été une battante.
Nathalie l'entendait encore lui recommander :
« Étudie. Aie un métier sûr. L'indépendance financière... c'est la clé de tout pour nous, les femmes. »
Marthe ne s'était pas montrée aussi exigeante pour Lucas. « Un homme s'en sortira toujours, expliquait-elle. Les femmes rencontrent beaucoup plus d'embûches. »
Nathalie avait gardé peu de souvenirs de la période de la guerre. En revanche, elle se rappelait le jour où leur mère était venue les chercher, Lucas et elle. Leur grand-mère venait de mourir. Marthe était arrivée en taxi, ce qui avait fait se soulever les rideaux dans le village, et avait emmené ses enfants sans prendre le temps d'aller se recueillir sur la tombe de sa belle-mère.
« Règle n° 1 : ne vous occupez pas de ce qu'on dit de vous », leur répétait-elle.

Ils étaient descendus dans le Vaucluse. Marthe y avait acheté un mas à moitié en ruine, qu'elle avait retapé avec l'aide de ses enfants. Elle tenait une droguerie-bazar dans le village. On y trouvait de tout, et plus encore.

Nathalie et Lucas appréciaient leur nouvelle vie et ne se posaient guère de questions. Marthe avait touché un petit héritage mais il fallait travailler dur. Leur père avait disparu durant la guerre. Il ne leur avait jamais manqué. Ils poursuivirent leurs études à l'école de Sault, puis au lycée d'Apt. Ils avaient de bons camarades, et rejoignaient leur mère chaque soir. Ils se blottissaient contre elle sur le vieux canapé à demi défoncé, avec le chien Poilu qui essayait de prendre toute la place. C'était le bonheur.

Ils n'étaient jamais revenus en Côte-d'Or et Marthe n'avait jamais évoqué son existence dans le Jura.

Comme s'il s'était agi d'une autre vie.

La guerre était finie, il convenait de tourner la page.

Elle se penche, caresse la main de sa mère. Les doigts ont maigri, les veines sont toutes apparentes et ses bras comme ses mains gardent les traces des cathéters.

— Maman… chuchote-t-elle.

Elle a le sentiment que Marthe n'a plus qu'un souffle de vie. Comment son état a-t-il pu se dégrader aussi vite ? Nathalie ne comprend pas.

Marthe ouvre la bouche, gémit. Elle murmure un nom, que Nathalie ne comprend pas.

Elle répète :

— Les Lacote. Pardon.

Dans la chambre, l'horloge indique midi. Nathalie se demande si sa mère reprendra conscience avant la fin de la journée.

Qui sont les Lacote ? Elle l'ignore.

1958

Le pays tout entier est en ébullition à cause de ce qu'on nomme pudiquement « les événements d'Algérie ».

Je tremble pour Lucas, qui va aller combattre de l'autre côté de la Méditerranée.

Pourquoi ne dit-on pas la vérité, à savoir qu'il s'agit d'une nouvelle guerre ? Le fils de madame Morans, l'une de mes clientes, a été tué à Oran par l'explosion d'une bombe. Je tire toutes les sonnettes pour tenter d'obtenir une exemption pour mon fils. Cet imbécile tient à faire à tout prix son devoir, comme il dit. Il ne sait pas ce qu'est la guerre, il était trop jeune en 1940.

La guerre nous transforme en loups.

« N'oublie jamais, me disait mon parrain Luc, que j'adorais. L'homme est un loup pour l'homme. »

Je le sais.

Je ne l'ai jamais oublié, bien que je m'y efforce.

De son côté, Nathalie poursuit ses études à Marseille. Elle veut devenir chirurgien-dentiste, et elle y parviendra. Il y a en elle une force qui me ravit autant qu'elle me rassure. Elle ne déviera pas de son but.

Elle remonte à Sault chaque samedi. Lorsqu'elle pénètre dans le magasin, mon cœur se gonfle de fierté. Elle est belle, avec ses cheveux blonds et ses yeux bleus. Belle, et joyeuse. Je sais qu'elle ne me décevra pas. Encore quatre ans avant qu'elle puisse ouvrir un cabinet dentaire. L'argent nécessaire est disponible, au coffre. J'ai ouvert un coffre à la banque d'Apt, il y a de cela plus de dix ans. Mes enfants l'ignorent, comme mes relations. Je n'ai pas vraiment d'amis. Par manque de confiance, mais aussi par crainte. On ne sait jamais ce qui peut arriver...

Le poste de radio diffuse « Le Temps du tango », interprété par Léo Ferré et, d'un coup, je me souviens de ce bal du 14 Juillet, de ma rencontre avec Victor... Cela me paraît si loin que j'en éprouve comme un vertige. S'il m'avait réellement aimée, s'il n'avait pas été cette brute avinée, aurions-nous pu être heureux ? Et, surtout, aurais-je pu éviter de commettre certains actes que je me reprocherai ma vie durant ?

C'est le genre de question qui me hantera le reste de ma vie.

*

1999

Au téléphone, la voix de Clément se veut rassurante.
— Rien n'est encore perdu, déclare-t-il à sa femme.
Elle secoue la tête comme s'il pouvait la voir.
— Maman est devenue une pauvre chose. De temps à autre, elle se débat contre un ennemi invisible et recommence à balbutier toute une litanie de « Pardon ».
À qui s'adresse-t-elle ? Elle l'ignore, et cela la rend malade.
Qui est la véritable Marthe ? Sa mère, à la fois douce et déterminée, sur qui elle avait toujours pu compter, ou bien une quasi-inconnue, qui avait des choses à se reprocher ?

Le doute rongeait Nathalie, tout comme la certitude que l'état de santé de Marthe se dégradait, de façon inexorable.

Son impuissance la crucifiait. Et, plus encore l'impression que sa mère lui avait dissimulé une partie de sa vérité.

*

1960

Lucas, blessé dans le djebel, est revenu en avion sanitaire. Nathalie et moi l'attendions à Marignane.

J'ai éprouvé un choc quand je l'ai aperçu d'une pâleur mortelle sur sa civière. J'ai couru vers lui mais il a gardé les yeux clos. Il paraissait si las... J'en aurais pleuré ! Heureusement, Nathalie, à mes côtés, me soutient.

Il est resté un mois à la Charité avant que je puisse le ramener à la maison. C'est là qu'il s'est vraiment retapé, dans ce mas que j'avais voulu pour mes enfants.

Dans ces moments-là, je ne regrettais rien. Je les avais sauvés tous les deux.

Le reste importait peu.

Pourtant, la nuit, les souvenirs revenaient me hanter. Je les revoyais tous, avec leurs enfants et j'avais envie de pleurer. Mais je ne puis revenir en arrière. D'ailleurs, si j'en avais le pouvoir, agirais-je autrement ? Je ne le pense pas.

*

1999

Nathalie a fini par céder aux instances de Clément et est rentrée chez elle.

Chez elle... Une maison nichée parmi la végétation méditerranéenne, des meubles et des tableaux chinés depuis des lustres avec Clément, une petite vue sur la Méditerranée depuis la terrasse, son cocon. Elle a repris son activité au cabinet, histoire de ne pas penser, mais elle ne peut se défaire de l'image de Marthe immobilisée sur son lit médicalisé. Elle se sent coupable. N'aurait-elle pas dû rester auprès de sa mère ?

Clément et les enfants l'entourent comme si elle était extrêmement fragile. N'est-ce pas la vérité ? Sans Marthe, elle se sent empruntée. « Sois raisonnable, l'exhorte Clément. Nos parents ne sont pas éternels. »

Certes, elle en convient. Clément n'a-t-il pas perdu ses parents dix ans auparavant ? Mais il n'était pas proche d'eux comme elle l'est de Marthe. Sa mère et son père à la fois.

Salomé niche sa tête dans son cou.

— Ma petite maman, essaie de te détendre un peu.

Comme si elle en était capable ! Lorsqu'elle s'est essayée au yoga, une quinzaine d'années auparavant, elle a dû y renoncer très vite. Son manque de souplesse, la pression qu'elle se mettait accentuaient ses tensions. Elle était la première à en rire.

À présent, pourtant, elle aurait aimé parvenir à se relaxer.

Arthur surgit dans la cuisine ouverte, le lieu de rassemblement de la famille.

— Pourquoi as-tu choisi ce thème pour ton mémoire ? questionne Nathalie tout à trac.

Arthur paraît surpris.

Sa mère insiste :

— Tu sais bien : la Résistance dans le Jura. Manette a eu l'air effrayée lorsque tu l'as annoncé.

La mère et le fils échangent un regard indéfinissable. Témoin de la scène, Salomé glisse :

— Vous en faites, des têtes, tous les deux ! Ce n'est pas réellement important, si ?

Nathalie secoue la tête.

— Je ne sais pas, déclare-t-elle, d'une drôle de voix un peu cassée. La simultanéité des faits m'a interpellée. Ton annonce, Arthur, suivie du malaise de maman.

— Pourquoi ruminer ça ? s'irrite-t-il. Il s'agit d'une simple coïncidence, voilà tout !

Lui aussi s'est interrogé à ce sujet, mais il n'a pas l'intention de l'avouer à sa mère. Il la trouve déjà assez perturbée et n'a pas la moindre envie d'accentuer son trouble.

Aussi affecte-t-il l'insouciance, tandis que Salomé l'observe en plissant les yeux. Sa sœur est un véritable détecteur de mensonges !

— C'est vrai que c'est tout de même bizarre, comme coïncidence, renchérit-elle. Pourquoi t'intéresses-tu à cette histoire de résistance dans le Jura ?

Doit-il lui dire la vérité ? Quelle vérité, d'ailleurs ? Il s'agit d'une simple intuition, suscitée par une conversation avec sa grand-mère.

Salomé le scrute.

— Je le saurai si tu me caches quelque chose ! s'écrie-t-elle, à demi sérieuse.

Lui continue de s'interroger.
Que s'est-il passé exactement dans le Jura ?

*

1965

Cette nuit, je les ai revus. Tous. Les Lacote, leur visage bienveillant, et cette manière agaçante que madame Julia avait de ponctuer ses phrases de « n'est-ce pas ? ». Les Werner, la grand-mère et les deux petits. Les Klein, et leur petit Franz, avec ses boucles brunes. Les Ruben, et cette jeune femme enceinte que la neige effrayait. Les Basler, un vieux couple qui avait fini par se ressembler. Les Levy, leurs trois enfants et le grand-père qui se déplaçait avec une canne. Les Salomon, qui venaient de Belgique. D'Anvers plus précisément. Je savais que les diamantaires y étaient nombreux. Je n'avais pas de scrupules. La vie ne me devait-elle pas une revanche ?

J'ignore encore comment j'ai pu passer entre les mailles du filet. Un lieutenant m'avait à la bonne. Lorsqu'il est venu m'offrir des roses, j'ai compris que ça devenait sérieux. Il ignorait combien je me défiais de l'amour.

Mon corps, trop souvent violenté, était comme anesthésié. Mais je ne pouvais m'offrir le luxe de repousser cet éventuel protecteur.

Le sexe avec l'Allemand fut éprouvant, même si je parvins à simuler le plaisir. Je ne devais pas être faite pour le statut d'amante, seulement celui de mère. L'Allemand allait être envoyé sur le front de l'Est.

Je compris vite qu'il n'avait en fait aucune possibilité de me protéger et avait simplement voulu coucher avec moi. Encore une leçon de la vie dont je devais tirer les conséquences...

Cependant, le jour de son départ, il me fit un cadeau inestimable.

« Nous allons perdre, me dit-il. C'est inéluctable. Vous devriez partir avant d'être arrêtée. »

Je compris qu'il cherchait à me sauver et organisai mon départ. J'avais engrangé suffisamment d'argent durant les trois dernières années. Il était plus que temps de l'investir.

Je vendis la maison des Lacote en un temps record. Ceux-ci avaient été arrêtés l'an passé par la Gestapo et je m'étais approprié leurs biens.

Dans mon esprit, c'était un juste retour des choses pour tout ce que j'avais souffert. Même s'ils n'étaient pas responsables.

De toute manière, je n'avais pas le choix. C'était à moi, et à moi seule, de m'accommoder de mes éventuels remords.

*

2000

La neige, tombée en abondance, conférait au paysage un aspect de carte postale. Sapins et chalets de bois enneigés accentuaient cette impression. L'air, froid et sec, donnait envie de s'essayer au ski de fond.

Un joli coin, pensa Arthur, encore étonné d'avoir décidé brutalement de se rendre dans le Jura.

Seule Salomé était au courant. Avec l'aide de sa sœur, ils avaient récapitulé le peu d'informations qu'ils avaient pu glaner et notamment le nom de Lacote. Stéphanie, consultée, leur avait indiqué le nom du village où Marthe avait travaillé pendant la guerre.

Arthur avait découvert que celui-ci se trouvait tout près de la ligne de démarcation, non loin de la frontière suisse et n'en avait pas été vraiment étonné.

Il retint une chambre dans l'un des deux hôtels, y déposa son sac de voyage avant de partir en repérage.

L'air était plus que frisquet, le sol gelé craquait sous ses pas. Marseille était loin !

Il se rendit à la bibliothèque, demanda à consulter les ouvrages traitant de la Deuxième Guerre mondiale dans le Jura. Sous le regard intrigué de la bibliothécaire, il mentionna la rédaction de son mémoire. Elle se dérida, et se mit alors en quatre pour rechercher des documents. Installé à une table dans la salle de lecture, il parcourut les livres, nota les points intéressants.

Lorsqu'il prit congé, à dix-huit heures, une neige fine tombait, brouillant ses repères. Soulagé de rentrer à l'hôtel, il se réchauffa devant un bon feu de cheminée.

« Vous n'êtes pas équipé pour séjourner par chez nous », fit remarquer la propriétaire en jetant un coup d'œil surpris à ses baskets.

Il sourit.

— Je me suis décidé à la dernière minute.

Elle lui indiqua un magasin d'articles de sport où il pourrait acheter des après-ski et une parka plus chaude que son blouson léger.

— Je viens de Marseille, précisa-t-il, comme si cela expliquait tout.

La femme sourit.

— Aïe ! Vous n'êtes pas habitué au climat franc-comtois !

Elle souriait toujours pour lui proposer un verre de vin chaud qu'il accepta volontiers.

Au dîner, il fit honneur à la tartiflette et à la salade assaisonnée à l'huile de noix.

Les vacances de Noël étant terminées, il ne restait plus que des retraités dans la salle de restaurant. De toute manière, Arthur n'avait guère envie de deviser avec eux. Il se remémorait ses notes, tentait de les mettre en ordre.

Il s'endormit d'un coup après avoir pris des nouvelles de Marthe. Son état était stationnaire. Il eut une pensée émue pour sa grand-mère avant de sombrer dans un sommeil lourd.

Le lendemain, un soleil radieux faisait chanter la dentelle de bois des chalets comme le ciel d'un bleu pur. Après un solide petit déjeuner, il alla s'équiper et en profita pour poser des questions au sujet de la maison des Lacote.

Personne ne semblait avoir entendu ce nom-là. Celui de Marthe n'éveillait pas non plus d'écho. Le temps avait passé… on avait certainement voulu tirer un trait sur la période de la guerre.

— Renseignez-vous donc au cadastre, lui suggéra le vendeur d'articles de sport.

Que cherchait-il exactement ? se demanda Arthur, se dirigeant vers la mairie.

Le gros bourg était sympathique, comme ses habitants. Ils paraissaient avoir tourné le dos au passé.

Une phrase de sa grand-mère lui revint alors en mémoire : « Laissons les morts enterrer les morts. » N'avait-il pas tort de chercher à comprendre ?

La mairie n'ouvrirait pas ses portes avant quinze heures. Il retourna à l'hôtel déposer baskets et blouson, prit le temps de boire un café et en profita pour questionner son hôtesse.

Avait-elle déjà entendu parler de la famille Lacote ?

Elle se troubla, serra ses mains l'une contre l'autre.

— C'est de l'histoire ancienne, répondit-elle d'une voix hésitante.

Arthur ne pouvait pas ne pas insister. Son interlocutrice secoua la tête.

— Il s'est passé des choses douloureuses durant la dernière guerre. Il a fallu du temps pour que le pays s'en remette.

Arthur se pencha légèrement au-dessus du comptoir.

— Si vous me racontiez ?

1982

J'ai pensé que j'étais sauvée à compter des années 1980. Pour moi, il y avait prescription ! Quarante ans s'étaient écoulés. Je ne jetais plus de discrets coups d'œil par-dessus mon épaule dès que je sortais de la maison ou du bazar. J'étais intégrée à Sault. Ne faisais-je pas partie de la chorale ainsi que du club de joueurs de belote ?

Ma vie était ici, et j'aimais le sentiment de sécurité éprouvé dès que je franchissais le seuil du Mas des Lavandes. Même si je souffrais toujours de remords, je m'en arrangeais. Le prix n'était pas trop lourd à payer. J'avais choisi et pris ma revanche sur le destin.

Mes enfants menaient bien leur barque et leurs petits passaient un mois de vacances chaque été au Mas des Lavandes. Il fallait les voir courir dans le jardin, cueillir des brins de lavande ou des framboises. Ils revenaient le visage tout barbouillé et se jetaient dans mes bras en criant : « Manette ! »

C'était pour moi le temps du bonheur. Personne ne pourrait me le retirer. Pas même la justice, si je devais un jour lui rendre des comptes.

*

2000

Il fallait connaître le pays pour découvrir l'ancienne maison des Lacote. Un chalet en bois, à demi dissimulé derrière un rideau de sapins. Un balcon courait tout le long de l'étage.

L'endroit était solitaire. Une vieille Simca était garée sous une espèce de hangar. Il émanait de l'endroit une impression d'abandon.

Arthur hésita avant d'aller frapper à la porte. Une femme d'une quarantaine d'années vint lui ouvrir. Elle paraissait lasse.

— Oui ? fit-elle, sans amabilité excessive.

Il se présenta, expliqua qu'il travaillait sur un mémoire, tout en ayant conscience de l'importuner.

— Et alors ? reprit-elle.

Il mentionna alors le nom de Lacote. Elle secoua la tête.

— Jamais entendu parler. De toute façon, je ne suis que locataire.

Et elle referma sa porte.

Arthur avait déjà compris qu'il ne tirerait rien d'elle.

Il reprit le chemin du bourg en s'imprégnant du paysage. Sa grand-mère avait vécu là. Elle avait aidé les Lacote à cacher des familles juives, venues du nord de la France, de Paris, d'Alsace ou même de Belgique pour passer en Suisse. Elle leur avait réclamé des sommes exorbitantes avant de les trahir. Les Lacote avaient été eux aussi dénoncés. Arrêtés par la Gestapo, on ne les avait jamais revus. Marthe, elle, n'avait pas été inquiétée.

« Elle a su se protéger, avait raconté l'hôtesse à Arthur. Elle a disparu juste avant la Libération. Personne n'a plus entendu parler d'elle. »

Sous le choc, il avait compris que sa grand-mère, la douce Manette, n'était autre que cette jeune femme âpre au gain, prête à toutes les compromissions pour dépouiller des familles en détresse et les envoyer à une mort quasi certaine.

Comment s'étonner, dans ces conditions, qu'elle ait aussi mal réagi lorsqu'il avait annoncé le thème de son mémoire ? C'était incroyable, et particulièrement choquant.

Devait-il raconter sa découverte à ses parents ? Telle qu'il connaissait Nathalie, elle ne le supporterait pas. Et, cependant, il savait déjà qu'il ne pourrait garder ce secret pour lui seul.

Il était tenté de retourner immédiatement à Marseille. Pourtant, il y renonça. Il devait poursuivre son travail de recherche pour accumuler suffisamment de documentation. Pas question pour lui, en effet, d'abandonner son sujet.

Le cœur lourd, il reprit le chemin de la bibliothèque. Il devait bien exister des personnes ayant vécu la période de l'Occupation, se dit-il.

De nouveau, il se demanda pourquoi Marthe avait eu deux visages.

Pour comprendre.

Et, ainsi, peut-être parvenir à lui pardonner.

*

1992

Salomé est cinéphile depuis toujours, me semble-t-il. Lorsqu'elle venait seule en vacances au Mas des Lavandes, nous nous installions toutes les deux sur le canapé du salon pour visionner des cassettes vidéo.

Des dessins animés, puis, au fil des années, des films jeunesse et désormais des films d'adultes.

« J'ai dix-huit ans ! » proclame-t-elle, très fière.

Je la regarde, et je la trouve ravissante avec ses longs cheveux bruns, ses yeux noisette, son teint hâlé. Une véritable Provençale ! Cet après-midi, elle a rapporté de la bibliothèque un lot de cassettes. Elle brandit triomphalement la première.

— Celle-ci, c'est pour ce soir ! m'annonce-t-elle. Music Box, *le dernier film de Costa-Gavras. Les critiques sont très bonnes.*

Va pour Music Box. *J'avais découvert grâce à ma petite-fille* Z *et* Missing. *Pourtant, alors que nous échangions nos impressions, je me sentais de plus en plus mal à l'aise. Ce vieil homme qui avait refait sa vie et gommé son passé de criminel de guerre offrait des similitudes troublantes avec mon destin. Certes, je n'avais pas tué de mes mains les Klein, les Salomon, les Werner, les Ruben, les Basler ou les Levy, pas plus que les Lacote, mais je les avais envoyés à la mort sans état d'âme. Je pouvais toujours arguer pour ma défense qu'à l'époque, j'ignorais tout de la « solution finale » et que j'avais seulement cherché le moyen de sortir de la misère dans laquelle je me débattais, ces arguments n'étaient pas recevables. Ils étaient morts par ma faute et, vivrais-je cent ans, je porterais le poids de ma responsabilité.*

« Ça va, Manette ? » m'a demandé Salomé.

Je lui ai fait un grand sourire, ai répondu que tout allait bien, je souffrais simplement d'un début de migraine, et elle n'y a vu que du feu. Il faut dire que je suis devenue experte dans l'art du mensonge !

Pendant que je la rassurais, je sentais en moi un grand vide, qui s'accentuait.

Comment avais-je pu agir ainsi ?

Et comment allais-je pouvoir vivre avec ce secret dans le cœur, désormais ?

*

2000

— Maman…

La voix de Nathalie se brise. Chaque fois qu'elle revient au chevet de sa mère, un espoir fou la transporte. Jusqu'à l'instant où elle est confrontée à la réalité.

Rien n'a changé. Alors, elle enfonce ses ongles dans ses paumes pour ne pas hurler. Elle se penche, dépose un baiser léger sur le front de Marthe.

— Elle ne vous entend plus, lui dit l'infirmière.

Elle voudrait... la prendre aux épaules, la secouer, pas méchamment, non, juste pour lui faire reprendre conscience avec la réalité.

Au lieu de quoi elle s'effondre en pleurs.

« Je rentre », a annoncé Arthur lorsqu'elle l'a appelé pour lui faire part de l'état stationnaire de Marthe. Il n'a pas mentionné ses découvertes, et elle n'a pas posé de questions. Elle a atteint un stade où elle préférerait ne rien savoir.

Épuisée, elle a demandé le transfert de sa mère à Marseille. On lui oppose la fragilité de son état. Que doit-elle faire ?

Son frère Lucas ne lui apporte pas de réel secours. Choqué depuis le malaise de Marthe, il a tendance à se refermer sur lui-même et c'est son épouse qui prend régulièrement des nouvelles.

Nathalie pressent que la patience de Clément s'émousse. Il ne peut pas comprendre ce qu'elle éprouve. Elle-même peine à y voir clair. Elle sait seulement qu'elle n'abandonnera pas Marthe.

De vagues réminiscences d'un passé lointain lui reviennent, par flashs. Un homme aux cheveux fous qui hurle, lève la main sur sa mère avant de la rouer de coups. Nathalie crie, sanglote. L'homme la repousse, violemment. Sa mère s'interpose.

Questionnée plus tard, Marthe a reconnu que son mari a failli la tuer à plusieurs reprises. Un cocktail détonant d'alcool, de violence brute, de jalousie.

Nathalie et Lucas savent combien leur mère a travaillé dur pour les élever et leur permettre de poursuivre leurs études. Elle a instauré une sorte de loi du silence au sujet de leur père, et ils n'ont pas insisté. Ils pressentaient que le sujet était tabou.

Le docteur Rebbot se glisse dans la chambre.

— Puis-je vous parler ?

Le cœur de Nathalie bat à grands coups précipités. Le visage du médecin est grave. L'angoisse tord l'estomac de Nathalie.

Elle le suit dans le couloir, puis jusqu'à son bureau. La cadre de santé s'y trouve déjà. Réunion officielle, pense Nathalie qui aimerait tant avoir son frère et son mari à ses côtés.

On l'invite à s'asseoir. Le médecin prend la parole.

— Votre mère a-t-elle laissé des directives concernant ses dernières volontés ?

Nathalie s'affole, se tord les mains. Le docteur Rebbot lui sourit avec douceur.

— Nous sommes obligés de vous poser la question, reprend-il, presque en s'excusant. C'est important.

Elle répond d'une voix hachée que oui, elle comprend. Mais sa mère n'a jamais parlé de rien. La mort... un sujet tabou, comme dans nombre de familles.

— Il n'y a plus d'espoir ? questionne-t-elle, le cœur fou.

Le médecin se mord les lèvres.

— Disons juste qu'il s'agit d'un entretien afin de clarifier la situation.

« Aidez-moi ! a-t-elle envie de supplier. Laissez-moi encore espérer. » Sans Marthe, il lui semble que sa vie n'aura plus de sens. C'est faux, bien sûr, elle a Clément, les enfants.

Bien que ce ne soit pas le même amour, les mêmes souvenirs...

Elle s'entend proposer une rencontre avec Lucas. Ils sont deux. Les enfants de Marthe. Ceux qu'elle a sauvés.

*

2000

C'est la fin, je le sais. Le moment de tirer ma révérence. Je suis trop épuisée pour continuer à lutter. J'ai trop peur, aussi, de lire dans les yeux de mes enfants le mépris que je leur inspire. Ont-ils compris ce que j'ai fait pour eux ? Seront-ils capables de me pardonner ?

Qui pourrait me pardonner, d'ailleurs ? Mes actes sont inqualifiables.

J'aimerais pouvoir leur expliquer, me justifier.

Je suis enfermée dans ce corps qui ne me répond plus. Je ne sais même pas si je souffre, j'ai dépassé ce stade.

Je suis loin, si loin...

*

2000

La sonnerie du téléphone réveilla Nathalie en sursaut. Elle jeta un coup d'œil au radioréveil. Trois heures. Avant même de décrocher, elle sut.

C'était Marthe.

Tout était fini.

Clément, réveillé à son tour, la prit dans ses bras alors qu'elle sanglotait.

« Ça vaut mieux ainsi », lui dit-il.

Elle savait qu'il avait raison, sans pouvoir s'empêcher de le détester pour ce qu'il lui disait.

Elle était perdue, à la dérive.

Et désespérée.

Manette paraissait si menue, si fragile, dans le cercueil capitonné d'ivoire qu'Arthur éprouva un sentiment de profond malaise. S'agissait-il vraiment de la même personne ? Cela lui paraissait si incroyable.

Il n'avait pas de preuves, seulement des intuitions et des soupçons.

À ses côtés, Salomé pleurait doucement.

À cet instant, sans savoir pourquoi, elle se remémora l'émotion de sa grand-mère lorsqu'elles avaient visionné le film *Music Box*. Particulièrement à la fin, quand Ann Talbot, interprétée par Jessica Lange, rejetait son père, l'ancien criminel de guerre.

VIVRE POUR ELLE

> *Qui parle de vaincre ? Ce qui compte c'est de survivre.*
>
> Rainer Maria RILKE

Avignon, 1970

Elsa

Le soleil de juillet dorait les pierres du palais des Papes, leur conférant une douce patine. De nombreux touristes parcouraient la place, le nez en l'air afin d'admirer le palais-forteresse. Des affiches placardées sur les murs et les troncs d'arbres annonçaient le programme du Festival. Des jeunes gens distribuaient des affichettes concernant les spectacles de la journée.

Elsa ferma les yeux quelques instants, pour mieux savourer la douceur du moment. C'était l'une des leçons retenues de sa jeunesse : profiter de la vie, tant que c'était possible. Tant qu'on était encore vivant...

Elle jeta un coup d'œil à sa montre. Midi trente. Les filles ne devraient plus tarder.

Depuis vingt-cinq ans, aucune n'avait manqué leur rendez-vous du 14 juillet. Toutes trois se l'étaient promis, le jour où elles avaient été séparées. Se retrouver chaque été le 14 juillet. Quoi qu'il arrive.

Elsa tapota nerveusement sur la table du café. Elle s'était levée tôt, avait observé avec attention son reflet dans le miroir de la salle de bains. Certains matins, elle avait l'impression d'avoir cent ans ! Pourtant, depuis son retour en France, vingt-cinq ans auparavant, elle s'entretenait avec soin. Comme pour récompenser son corps qui ne l'avait pas trahie. Avec son visage au front bombé, aux pommettes hautes, ses yeux verts et sa silhouette élancée, elle ne paraissait pas ses quarante-trois ans. Pas encore.

Brusquement, elle les aperçut. Toutes deux marchaient d'un pas rapide. Le cœur d'Elsa fit un bond dans sa poitrine. Elles lui avaient tant manqué !

Monique lui sauta au cou en s'extasiant sur sa bonne mine. Impossible de lui retourner le compliment : elle avait les traits tirés, le teint trop pâle. Elsa effleura sa joue d'un geste empreint d'affection et de sollicitude. Les paupières de son amie battirent comme pour la mettre en garde – « Ne pose pas de questions. Surtout pas » – et elle fit comme si de rien n'était.

Natacha, de son côté, n'avait pas changé. Vêtue d'une robe trois trous couleur lilas, elle se tenait bien droite, comme pour ne pas perdre un pouce de sa taille, et ses yeux très bleus ne reflétaient rien de ce qu'elle pensait. « Le sphinx », disait Nadia. C'était tout à fait ça.

D'un même élan, toutes trois commandèrent des Américanos.

C'était l'une de leurs résolutions, là-bas : « Si nous nous en sortons, nous boirons régulièrement des cocktails ! » Cela paraissait tellement absurde et invraisemblable qu'elles avaient ri, ce soir-là, si fort qu'elles en avaient eu mal au ventre mais c'était si bon de rire, fût-ce quelques minutes, pour oublier.

L'une des gardiennes avait surgi et abattu sa matraque au hasard, en vociférant des insultes. Monique avait eu l'arcade sourcilière éclatée mais ses yeux riaient toujours, comme un ultime défi. Elsa ne voulait pas se souvenir d'autre chose.

Comme chaque année, elles se posèrent les mêmes questions. « Comment vas-tu ? » « Quoi de neuf dans ta vie ? »

Des phrases qu'elles ne prononçaient pas chez elles, dans leur famille. Des questions taboues.

À son retour, dans le Vaucluse, Elsa n'avait rien pu raconter. Elle pesait vingt-huit kilos, avait souffert du typhus, passé plusieurs semaines à l'hôpital.

Que pouvait-elle dire à sa famille ? Les mots auraient-ils pu y changer quelque chose ? Elle ne le pensait pas.

Elsa voulait vivre. Et oublier. Sinon, elle en était certaine, elle sombrerait.

Alors, elle avait fait « comme si ». Comme si rien n'était arrivé, comme s'il ne lui avait pas fallu plus d'un an avant de retrouver un poids correct, une peau sans boutons, des cheveux brillants…

Natacha posa la main sur son bras.

— Ça revient par bouffées, pas vrai ? souffla-t-elle.

Une nouvelle fois, Elsa se dit qu'elles partageaient ça. L'indicible, que personne d'autre ne pouvait comprendre. Même pas leurs proches. Malgré leur amour et leur empathie, ils demeuraient des étrangers à ce qu'elles avaient vécu.

Rituellement, elles choisirent le restaurant où elles allaient déjeuner, s'offrir un bon repas. Pour adresser un pied de nez au passé.

Leur choix se fixa sur une brasserie à la terrasse à demi ombragée. Monique soupira d'aise en offrant son visage au soleil.

— Pourquoi je ne vis pas ici toute l'année ? Il fait si froid et humide à Lyon.

— Pas en juillet, tout de même !

Avec une parfaite mauvaise foi, elle répliqua :

— Que tu crois ! Hier encore, il tombait des cordes !

Natacha haussa les épaules.

— Nous n'allons pas échanger des considérations météorologiques ! Moi, je ne pourrais vivre ailleurs qu'à Paris.

Avocate réputée, elle avait son cabinet rue de Vaugirard. Son entourage s'accordait pour dire qu'elle avait réussi sa vie. Toujours vêtue avec élégance, portant tailleur, chemisier de soie, escarpins, Natacha semblait ignorer jusqu'au terme de « laisser-aller ».

Était-elle pour autant heureuse ? se demanda Elsa, observant les plis d'amertume marquant la bouche de son amie.

Étaient-elles heureuses toutes les trois ?

Monique

J'aurais mieux fait de ne pas venir à Avignon. Me faire porter pâle. Pourtant, je ne pouvais pas leur infliger ça. Nous nous le sommes promis, il y a vingt-cinq ans. Toujours unies, un rendez-vous par an. Nous nous devions bien ça.

Elsa a tout de suite remarqué que quelque chose clochait. Elle a toujours été comme ça, Elsa. À l'affût. Ça nous a permis de ne pas mourir totalement de faim, jadis. Elle n'avait pas son pareil pour dénicher un quignon de pain ou des épluchures de patates. Je l'admire parce qu'elle n'a jamais abandonné l'espoir. Moi, déjà, je craquais facilement. Sans mes amies, je me serais très vite retrouvée sélectionnée pour la chambre à gaz. J'étais chétive, et j'avais le teint trop pâle. Le matin, Elsa me pinçait les joues pour me donner un peu de couleur. Ça ne durait pas, nous avions si froid, mais il fallait faire illusion.

Je me demande encore comment je me suis retrouvée avec elles. Je n'avais pas la vocation de résister. J'avais peur. Il me semble, d'ailleurs, que j'ai toujours eu peur, tout au long de ma vie. Mon père qui m'avait surnommée « la trouillarde » l'avait bien compris. J'avais peur du noir, peur de mon ombre, peur du gros chien des voisins…

Curieusement, au retour du camp, la peur m'avait quittée. Ne revenions-nous pas de l'enfer ? Que pouvions-nous craindre désormais ?

Pourtant, elle est revenue. Je la connais bien. Ça commence toujours par une boule dans la gorge, qui descend ensuite dans le ventre et fait des nœuds. L'angoisse, que j'appelle, allez savoir pourquoi, « Scie Égoïne ». Parce qu'elle me lamine, me laisse abattue, exsangue ? Dans ces moments-là, impossible d'avaler quoi que ce soit, de réfléchir calmement. « Scie Égoïne » me ronge les entrailles et me fait monter les larmes aux yeux. Georges n'a jamais compris ce qui m'arrivait. N'ai-je pas « tout pour être heureuse » ?

Lui et moi, nous nous connaissions depuis l'enfance. La même école, les mêmes camarades, le même lycée… Et puis la mort de mes parents, dans un stupide accident de train. Le choc, l'arrêt de mes études, imposé par la tante qui me recueille, l'école Pigier pour faire de moi une sténodactylo. Tout ce que je déteste, moi qui rêvais de devenir professeur d'histoire ! L'impression de gâcher ma vie comme mes rêves, tout en me disant que je ne dois pas me plaindre. Il y a Georges, que j'aime et qui m'aime, son ambition d'être plus tard médecin. Et la guerre, qui vient tout bouleverser. Il est mobilisé en septembre 1939. Nous nous marions au cours de sa première permission. Tante Gilberte m'a émancipée, elle doit penser que cela lui coûtera moins cher ! Nous ne nous apprécions guère, nous avons des caractères trop différents mais je sais que je puis compter sur elle, malgré tout.

Nous avons été si peu mariés, Georges et moi ! Le temps que je tombe enceinte. Marc est né en juillet 1940, alors qu'un mois auparavant, j'étais partie sur la route de l'exode à vélo, malgré mon ventre énorme. J'étais encore si jeune ! Dix-neuf ans à peine.

Nous sommes revenus à Lyon, le moyen de faire autrement ? J'ai appris le mois suivant que Georges avait été fait prisonnier, puis envoyé dans un stalag du Bade-Wurtemberg. J'avais le droit de lui expédier un colis par mois par l'intermédiaire de la Croix-Rouge. L'angoisse, alors, ne me quittait pas. Je me sentais si seule avec mon bébé !

Il fallait travailler. Ma voisine Cécile a gardé Marc tandis que je tapais des lettres dans le garage de Pascal, un ami de mon père. Je pleurais souvent mais je devais tenir, malgré le rationnement, le couvre-feu et toutes les mesures vexatoires qui nous étaient imposées. De plus, je me disais que je n'avais pas à me plaindre comparée à Georges. Marc était avec moi. Le soir, après le bain, je lui parlais longuement de son papa. Nous lui écrivions… enfin, j'écrivais et Marc gribouillait un dessin. Les réponses de Georges étaient longues à venir. Je sentais bien que, malgré ses efforts pour ne pas se plaindre, il n'en pouvait plus. Je lui mentais, moi aussi, coloriant de bleu notre sinistre quotidien. Il m'était impossible de lui confier que je peinais à joindre les deux bouts ou bien que Marc souffrait de cauchemars nocturnes. Il n'était pas question pour moi de l'inquiéter. À dater de l'année 1942, il a été envoyé dans une ferme en Saxe.

Pascal, mon patron, m'a retenue un soir après le travail. Il avait besoin que je lui rende un service. Faire un détour par la Presqu'île pour aller déposer une enveloppe en papier kraft dans la boîte aux lettres d'un certain Monsieur Janvier. Cela me contrariait mais Pascal m'avait déjà permis de repartir plus tôt chez moi quand Marc était malade, si bien que je ne pouvais pas lui refuser ce service. Il fit de nouveau plusieurs fois appel à moi dans les semaines qui suivirent. Malgré ma naïveté, je compris vite qu'il était membre d'un réseau de Résistance.

« Ne pose pas de questions, c'est mieux pour toi », me disait-il.

J'avais de plus en plus peur, parce que je manquais de courage. La « trouillarde », toujours… « Pourquoi moi ? » ai-je un jour osé demander à Pascal et il m'a fait cette réponse : « Parce qu'il ne viendrait à personne l'idée de te soupçonner. Tu es timide, craintive… une vraie petite souris ! »

Je n'étais pas sûre que ce fût un compliment !

Pourtant, je tenais bon et m'acquittais de chaque mission sans problème.

Jusqu'au jour où des hommes vêtus de sombre descendirent d'une grosse traction et m'encadrèrent alors que je n'avais pas encore distribué le courrier.

« Par ici ! »

Ils me forcèrent à monter dans la voiture malgré mes protestations. À l'intérieur, celui qui paraissait être le chef me gifla, brutalement.

Je sus que j'étais perdue.

Natacha

Elle alluma sa première cigarette après le fromage. Elle n'y pouvait plus tenir, un véritable supplice. « Tu fumes trop », lui reprochait régulièrement Olivier, alors que lui-même ne parvenait pas à réduire sa consommation de tabac.

Elle crispa les mâchoires. Elle n'avait pas envie de penser à Olivier. Encore moins aujourd'hui, après son ultimatum. Elle prit une profonde inspiration, en s'efforçant de maîtriser l'irritation qui montait en elle. C'était toujours la même chose avec Olivier. Il attendait d'elle ce qu'elle n'était pas prête à lui donner. Pourquoi ne pouvait-il la comprendre ?

Elle secoua la tête. Ses longs cheveux auburn balayèrent ses épaules.

Elle était déjà belle là-bas, malgré ses cheveux rasés et sa maigreur, pensa Monique. Natacha était non seulement belle mais avait de l'assurance. Tout ce qui faisait défaut à Monique.

Elsa sortit à son tour son paquet de cigarettes et en alluma une.

Natacha fronça les sourcils.

— Tu fumes, maintenant ?
— Eh oui ! Ça me détend.

Ses deux amies l'enveloppèrent d'un regard songeur. Vue de l'extérieur, Elsa avait elle aussi tout pour être heureuse. Elle formait un couple harmonieux avec Thibault, son mari viticulteur et gérait son magasin d'antiquités à L'Isle-sur-la-Sorgue. Cependant, Natacha était bien placée pour savoir qu'il ne fallait pas accorder foi aux apparences.

Elle adressa un sourire bravache à Elsa qui l'observait avec une attention soutenue.

Brusquement, ne pouvant plus supporter les faux-semblants, elle choisit de jouer cartes sur table.

— Les filles, j'ai besoin de vous, déclara-t-elle d'une voix décidée. Mon existence part à vau-l'eau et je n'ai pas la force de réagir.

Elsa et Monique ne pipèrent mot. Ses amies connaissaient-elles elles aussi cette impression d'être éternellement à part ? se demanda Natacha, le cœur douloureux. Olivier ne comprenait pas ce qu'elle ressentait mais, de son côté, elle ne cherchait pas à le lui expliquer. C'était un sujet tabou entre eux.

Elle poussa un énorme soupir.

— Désolée, reprit-elle. Je n'avais pas l'intention de vous infliger mes états d'âme ni de plomber l'ambiance.

Monique lui sourit, presque timidement.

— Nous sommes toutes les trois sur le même bateau, tu ne crois pas ? À notre retour, on a vite compris que les autres n'étaient pas prêts à entendre ce que nous avons subi. Ils ne le seront jamais, d'ailleurs ! On nous a répété que la guerre était finie, qu'il fallait vivre intensément... sous-entendu : ne pas infliger le récit de nos souffrances à ceux qui ne les avaient pas connues. Étonnez-vous, dans ces conditions, que nous finissions par exploser ! On a posé un couvercle sur notre mal-être, nos souvenirs, et on nous a ordonné de nous débrouiller. Sans faire de vagues, surtout.

Spontanément, Elsa lui saisit la main.

— Oh ! Monique… tu résumes si bien la situation ! Notre situation. C'est comme si, brutalement, nous nous retrouvions au pied du mur, parce que nous n'avons pas pu parler et qu'on n'a pas voulu nous écouter. Une nouvelle fois, c'est à nous de nous débrouiller.

Natacha exhala un profond soupir.

— Vingt-cinq ans après… il faut le faire ! Nous n'en avons pas fini avec les barbares.

C'était un constat amer. Cependant, elles se sentaient mieux de le dresser ensemble.

Elsa écrasa son mégot dans le cendrier d'un geste brusque.

— Il est temps de tout mettre à plat, ne croyez-vous pas ? Nous avons besoin les unes des autres.

Monique se mordit les lèvres. Elle croyait encore entendre Georges lui annoncer : « Je sais que je n'aurais jamais dû faire ça mais c'est arrivé. Même si j'ai de la peine à le reconnaître. »

Elle ne l'avait pas supporté.

— Tu proposes quelque chose ? lança-t-elle.

Sans réfléchir plus avant, Elsa hocha la tête.

— Thibault est parti ce matin pour un congrès viticole à Tain-l'Hermitage. Il passera ensuite voir sa mère, à Condrieu. Ça nous laisse quelques jours devant nous. Venez à Sarrians, nous serons entre nous.

Les yeux de Monique se mirent à briller.

— Sérieux ? Toutes les trois au soleil ? Je suis partante !

— Moi aussi, fit Natacha. Et je ne préviendrai pas Olivier !

Elle éclata d'un rire nerveux.

— Vous m'entendez ? Une vraie gamine !

— Banco ! reprit Elsa. On y va.

Il ne fallait pas réfléchir, au risque de se raviser.

De toute manière, c'était seulement l'affaire de quelques jours, n'est-ce pas ?

Monique

J'ai toujours aimé le soleil. Peut-être parce qu'à la mort de mes parents, j'ai tout de suite éprouvé une sensation de froid. J'étais glacée jusqu'à la moelle. Et j'avais l'impression que le soleil avait bien de la peine à pénétrer dans l'appartement de tante Gilberte. Elle s'en défiait, affirmant qu'il altérait les tentures et les meubles. Elle avait ainsi des idées préconçues sur nombre de choses. Et, à douze ans, je n'avais pas la force de m'opposer à elle. Tout comme, par la suite, je n'ai pas su dire non à Pascal, ce qui m'a valu de me retrouver enfermée à la prison de Montluc, puis expédiée en Allemagne dans un wagon à bestiaux, dans des conditions épouvantables.

Étais-je vraiment une résistante ? Je ne le sais toujours pas. Heureusement d'ailleurs, que j'ignorais tout des membres du réseau auquel Pascal appartenait car, sous la torture, j'aurais été fort capable de les dénoncer. La « trouillarde », toujours… Quitte à en crever de remords par la suite.

À peine arrivée dans cet endroit horrible qu'ils appelaient « camp », je me suis promis de revenir à Lyon. Pour mon fils. Je devais tenir.

On m'a poussée sans ménagement, battue, rasé la tête, et tout le corps, passée au désinfectant et puis on m'a tatoué un nombre à cinq chiffres sur le bras. Je n'ai même pas senti la douleur, j'avais trop honte de ma nudité.

On m'a bousculée, méchamment. Un homme tout vêtu de noir, avec des bottes bien cirées. « *Raus !* » a-t-il hurlé.

Je ne comprenais pas et restais figée, tétanisée.

Il a levé sa cravache. Je ne pouvais toujours pas bouger. Vite, une main a crocheté mon bras, m'a entraînée à l'écart.

— Ne refais jamais ça ! m'a ordonné une voix un peu cassée. Quand tu entends « *Raus !* », tu décampes sans poser de questions. Tu obéis, on est là pour ça, et tu ne les regardes jamais dans les yeux. Question de vie ou de mort.

Elle paraissait très jeune mais il émanait d'elle une sorte d'autorité naturelle. Elle avait un centimètre de cheveux environ sur la tête, et portait une robe informe d'une couleur grisâtre. C'était Elsa, et j'ignorais qu'elle allait devenir ma meilleure amie avec Natacha.

Natacha

La tête appuyée contre le dossier du cabriolet 204, elle s'efforce de ne penser à rien. Ce qu'elle n'est jamais parvenue à faire. Dans sa tête, elle dresse des listes, se fixe des objectifs. Tout, plutôt que de cogiter dans le vide et de se laisser envahir par l'angoisse.

Tout autour d'elles, un paysage de carte postale. Les Dentelles de Montmirail se découpant sur le ciel si bleu, les fuseaux des cyprès montant la garde et des rangées de vignes à perte de vue. Les cigales chantent à tue-tête, l'air est parfumé au poivre d'âne et au romarin.

Elle pourrait être si bien. Si seulement elle avait pu oublier…

À côté d'elle, Elsa fredonne « Lady d'Arbanville », au rythme lancinant.

À l'arrière, Monique parle de Marc, son fils, tout juste trente ans, qui vient de s'installer à San Francisco.

— Il y a ouvert un restaurant, explique-t-elle à ses amies. Si j'avais imaginé ça un jour…

— C'est bizarre, fait Elsa d'une drôle de voix. Tu es la seule à avoir eu un enfant.

— Et encore ! Il est né en juin 1940 alors que nous n'aurions jamais pu imaginer ce qui allait nous arriver ! Après la guerre, je ne voulais pas d'un autre enfant. Ça me paraissait... insensé, et totalement absurde après tout ce que nous avions traversé.

Est-ce pour cette raison qu'elle a si mal pris l'aveu de Georges ? se demande Monique, le cœur étreint d'une sourde angoisse. « Scie Égoïne » fait encore des siennes ! Elle ne dit pas tout à ses amies. Elle n'en a pas le courage.

— L'enfant... l'éternel problème, commente Elsa, songeuse.

Elle tourne à gauche pour emprunter un chemin de terre, roule plusieurs centaines de mètres au milieu des vignes avant d'arrêter sa voiture devant un mas aux volets verts.

Une terrasse dallée, à l'abri d'une tonnelle, invite à la détente avec sa table et ses chaises en fer forgé. Trois teckels à poil dur jaillissent du jardin et font la fête à leur maîtresse. Elle les caresse avant de se retourner vers ses amies.

— Je vous présente Chips, Judex et Lupin, annonce-t-elle. Ce sont eux qui dirigent la maison mais chut ! ne le leur répétez pas.

Natacha avance une main prudente vers les chiens.

— Olivier rêve d'un labrador, fait-elle remarquer. Moi, je n'ai jamais eu de chien.

Elle fronce les sourcils.

— Enfin, si... un petit ratier, quand j'étais enfant. Il est mort écrasé par une voiture. J'ai tant pleuré, je n'ai plus voulu d'animal.

Déjà, elle cherchait à se protéger.

Rien n'avait changé, se dit-elle.

Judex – à moins que ce ne soit Chips – frotte son museau contre la jambe de Natacha. Elle en éprouve un sentiment de plaisir diffus.

— Je vous montre vos chambres, annonce Elsa.

Un charme prenant émane du mas. Tomettes anciennes, portraits de famille, murs crépis couleur ivoire, composent un décor authentique, rehaussé par le choix de meubles anciens provençaux.

— On sent la patte de l'antiquaire ! s'écrie Natacha, admirative devant une radassière, agrémentée d'une multitude de coussins de toutes tailles, dans un camaïeu de couleurs ensoleillées.

— Venez voir vos chambres, propose Elsa. Je vous apporte des draps, et vous laisse vous installer. Nous dînerons sous la tonnelle.

N'est-ce pas pure folie de s'être laissé entraîner dans ce coin de Provence ? s'interroge Natacha, après avoir fait son lit.

La fenêtre de sa chambre ouvre sur les vignes, alignées comme pour la parade. Elle aperçoit, loin derrière, les silhouettes des Dentelles de Montmirail.

Tout lui plaît dans la pièce, depuis le mobilier Restauration en bois clair jusqu'aux rideaux en chintz imprimé.

Dans sa tête résonnent encore les reproches d'Olivier.

« Ton travail... tu ne connais que ça ! Tu ne t'es même jamais intéressée à la décoration de notre appartement ! J'ai l'impression de vivre dans un hall de gare, dépourvu d'âme ! »

Il n'a pas vraiment tort. Si elle est sensible aux atmosphères chaleureuses, Natacha estime que décorer leur logement constitue une perte de temps. Or, elle manque toujours de temps ! Le Palais, son bureau, les gardes à vue, les visites aux clients détenus... constituent son ordinaire. Le soir venu, elle rentre, s'affale sur le canapé pour souffler un peu avant de proposer à Olivier de commander une pizza.

C'est cette existence dont il ne veut plus.

Mais elle ? Qu'en est-il pour elle ?

Elle ne sait toujours pas.

Elsa

Réunies autour de la table de jardin, les trois amies savouraient leur café du soir après s'être régalées d'une salade de tomates à la mozzarella et au basilic ainsi que de petits fromages de chèvre et d'abricots du Ventoux, sucrés à souhait.

— On est bien ici, apprécia Monique.

Elle ne voulait pas penser à Georges. Pas après ce qu'il lui avait fait. Elle ne l'avait pas prévenu qu'elle différait son retour. Qu'il s'inquiète, elle s'en moquait éperdument. Mieux, elle serait ravie s'il paniquait. Mais elle ne se faisait guère d'illusions : Georges ne s'alarmerait pas. S'apercevrait-il seulement de son absence ?

Leur amour était bel et bien mort, pensa-t-elle, le cœur lourd.

Des éphémères tournoyaient autour de la lampe de la terrasse, se brûlant les ailes.

Un sanglot noua sa gorge.

À son âge – quarante-neuf ans –, elle avait le sentiment que sa vie était finie et se sentait presque plus démunie qu'à son retour de Ravensbrück.

Cependant, elle ne parvenait pas à exprimer à voix haute – même à ses amies les plus proches – ce qui lui pesait sur le cœur. Marc lui-même ignorait tout.

Elle se pencha pour caresser l'un des teckels.

— Vous vous souvenez de Flore ? lança Natacha tout à trac.

Elsa fronça les sourcils.

— Elle était bâtie en force et abattait le travail d'un homme. Ce qui ne l'a pas empêchée d'avoir perdu énormément de poids. Oui, je me rappelle. Elle pleurait souvent le soir parce qu'elle avait dû cacher ses enfants pour les protéger de ses activités de résistante. Ça la minait.

— Nous nous sommes trouvées en même temps à une réunion d'anciennes déportées, à Pontoise. D'habitude, j'évite ce genre de manifestations mais cette fois, j'avais promis au bâtonnier de venir. Son épouse a été déportée à Ravensbrück elle aussi.

— Et alors ? coupa Monique.

Elle aussi ne se rendait pas volontiers à ces commémorations.

— Elle m'a fait beaucoup de peine, reprit Natacha. Je ne l'aurais pas reconnue mais comme j'ai gardé mon nom de jeune fille, elle m'a tout de suite repérée.

— Natacha, tu nous fais languir ! s'impatienta Elsa. Qu'est devenue Flore ?

— Elle va mal. Elle m'a raconté n'avoir jamais pu renouer le lien avec ses enfants. Ils sont restés très attachés à la famille qui les avait cachés et ont fugué plusieurs fois pour y retourner. Depuis qu'ils sont majeurs, ils ont coupé tout lien avec Flore.

— Quelle tristesse !

Elsa soupira.

— Elle a divorcé peu de temps après la libération des camps si je me rappelle bien.

— En effet. Son mari s'était rapproché du régime de Vichy et elle n'a pas pu le supporter.

— On la comprend ! grommela Monique.

Elle posa les mains bien à plat sur la table, comme si elle se décidait à jouer son va-tout.

— Avez-vous un jour regretté votre engagement ? lança-t-elle à ses amies.

Elsa et Natacha lui décochèrent un coup d'œil surpris.

— Non, jamais, affirmèrent-elles d'une même voix.

Monique sourit tristement.

— Moi, si, et souvent ! Il faut croire que je n'étais pas de l'étoffe des héroïnes.

Elsa, qui était la plus jeune, se rappela brusquement certaines crises de larmes de leur amie. Natacha et elle l'avaient soutenue sans relâche, avaient volé de la nourriture pour elle, l'avaient soignée lorsqu'elle avait contracté le typhus.

— Je sais ce que je vous dois, reprit Monique. Sans vous, je serais restée là-bas.

Natacha toussota.

— Épargne-nous tes violons, lança-t-elle, et parle-nous plutôt de ton agence. L'immobilier, ça te plaît toujours ?

— Heureusement qu'il me reste ça ! répondit spontanément Monique avant de rougir sous les coups d'œil intrigués de ses amies.

Elle haussa les épaules.

— Oh, les filles, ne me regardez pas comme ça ! Vous devez connaître, vous aussi, des hauts et des bas dans votre couple !

— Crois-tu ? fit Elsa, moqueuse.

Elle entendait encore la réflexion de Thibault, qui l'avait tant blessée : « Combien de temps encore vas-tu nous punir à cause du passé ? »

Elle savait qu'il avait raison. Ou, tout au moins, pas tort. Pourtant, elle n'était pas prête à franchir le pas. Le serait-elle jamais ?

Lupin sauta sur ses genoux et entreprit de lui lécher les mains avec enthousiasme. Elle lui caressa le sommet de la tête.

— Pourquoi des teckels ? demanda brusquement Natacha.

Elsa sourit.

— C'était l'un des chiens préférés de mon père. Et cette race convenait à Thibault, qui est chasseur. Il faut les voir à l'œuvre, téméraires et braves, malgré leur petite taille. Ils rabattent du gros gibier comme ils débusquent des lièvres ou des blaireaux au fond de leur terrier. Moi, je ne chasse pas, très peu pour moi.

Elles s'entre-regardèrent. À cet instant, elles songeaient toutes trois aux aboiements des bergers allemands, aux claquements de leurs mâchoires sur les mollets des prisonnières, à leur agressivité, attisée par les ordres des SS.

— Je n'aurais pas supporté un gros chien, confia Elsa en baissant la tête.

Elle continua de caresser Lupin, et expliqua :

— Certaines nuits, je rêve qu'ils ont lâché les chiens après moi. J'ai beau courir, je sais qu'ils finiront par me rattraper. Je sens leur souffle. Alors, je me mets à hurler.

Le silence tomba. Un silence lourd de souvenirs cadenassés, des souvenirs dont elles ne parviendraient jamais à se débarrasser.

La première, Natacha brisa ce silence pesant.

— Moi, la musique m'aide, déclara-t-elle, presque timidement. Des musiciens russes, Tchaïkovski, Borodine, Chostakovitch. Surtout pas Wagner !

Les amies éclatèrent de rire.

— Tu m'étonnes ! lança Monique, hilare.

Son rire se brisa net. Elle venait de penser aux confidences de Georges.

Elle releva la tête.

— Georges a une fille, lâcha-t-elle brutalement. Elle s'appelle Renate, elle a vingt-six ans. Et elle l'a retrouvé.

Elle jeta à ses amies un regard chargé du défi. L'air de dire : « Vous n'auriez jamais imaginé ça ! »

Natacha émit un petit sifflement.

— Peste ! Ça m'épate. Tu nous as toujours dit que ton Georges était du genre « père tranquille ». Son métier de représentant pharmaceutique, sa collection de timbres, son jardin...

— Justement, acquiesça Monique, la mine longue. Je n'ai jamais rien soupçonné et...

— Mais c'est du délire ! coupa Elsa. Si cette fille a vingt-six ans, elle est née pendant la guerre. Quand Georges était prisonnier.

Natacha écarquilla les yeux.

— Georges séducteur ? Je n'y aurais pas pensé !

— Il a un certain charme, protesta Monique.

Ses amies échangèrent un coup d'œil complice.

— Ah ! Les amours d'enfance ! ironisa Natacha.

— De toute manière, je lui ai dit que je souhaitais divorcer, reprit Monique. M'avoir menti durant toutes ces années...

— Il l'ignorait peut-être lui-même... hasarda Elsa.

— Il m'a tout de même trompée ! Et avec une boche, en plus ! Pendant que moi, j'étais arrêtée, déportée...

— La situation ne manque pas de sel, en effet, commenta Natacha avec humour.

Elle s'en serait même peut-être amusée si Monique n'avait pas été concernée.

Elsa, cependant, glissa :

— Il y a prescription, tu ne crois pas ? D'autant que c'est toi, Monique, qu'il a choisie.

Elle secoua la tête et éclata en sanglots.

— Vous ne comprenez pas ! s'énerva-t-elle. Georges a toujours désiré un deuxième enfant. Une fille, de préférence. Et moi... je ne pouvais pas, après...

Elle baissa la tête. Ses amies l'imitèrent. Toutes trois revoyaient la silhouette sinistre du *Revier*, l'infirmerie, où Monique avait subi de mystérieuses piqûres lui procurant d'horribles douleurs abdominales. Lorsqu'elle s'était décidée à consulter, plusieurs mois après son retour en France, on lui avait annoncé qu'elle ne pourrait plus avoir d'enfant.

— Je suis désolée, souffla Elsa, livide.

Son front se plissa d'une ride.

— Cela ne veut rien dire, pour Georges. Avez-vous réussi à vous parler ?

Quelle ironie ! se dit-elle, alors que Thibault et moi ne parvenons pas à nous expliquer !

Les joues empourprées, elle se tut.

Natacha prit le relais.

— Comment te l'a-t-il annoncé ?
— Au petit déjeuner. Il a balbutié quelque chose à propos d'une énorme connerie, puis m'a raconté, très vite, sa fille, son prénom, ses recherches. Il avait l'air complètement perdu.
— Et toi ?

Cette fois, Monique ne chercha pas à contenir son exaspération.

— Que voulais-tu que je fasse ? Je lui ai jeté mon café au visage et je suis partie. De toute façon, j'étais en retard, pour mon train…

Elsa se mit à rire.

— Excuse-moi, c'est nerveux mais… tu as une façon de nous raconter ça !

Monique ouvrit la bouche pour protester avant d'esquisser un sourire.

— Vu comme ça… murmura-t-elle.

Qu'avait donc dit Georges ?

« Je ne pouvais pas t'avouer ma faute, ma chérie, j'avais trop honte. Et puis je n'y ai plus pensé, c'était si loin. Juste quelques moments volés à la solitude, à la souffrance. Rien qui compte vraiment. »

Avait-il dit la vérité ?

Elle ne savait plus.

Natacha

Depuis combien de temps n'ai-je pas pris un vrai bain ? se demanda Natacha, savourant le parfum délicat des sels de bain à la pêche de vigne.

Dans son appartement parisien, à peine levée, elle filait sous la douche, vite, vite, s'enveloppait aussitôt après dans son peignoir et se maquillait avec dextérité. Fond de teint clair, anticernes, poudre, rouge à joues, mascara, rouge à lèvres... On mentionnait souvent l'élégance de maître Vidal, sa beauté solaire.

Natacha n'avait jamais avoué la raison pour laquelle elle prenait tant soin de son apparence. Elle seule la connaissait.

C'était, non pas une forme de revanche sur la crasse et les poux de Ravensbrück mais plutôt une sorte de compensation.

C'était compliqué, et elle ne pouvait l'expliquer à personne. Surtout pas à Olivier. Elle aurait aimé qu'il comprenne tout seul ce qu'elle avait vécu là-bas, sans avoir besoin de lui donner des détails.

Pourquoi ne devinait-il pas qu'il lui était tout bonnement impossible de raconter le calvaire de sa déportation ?

Si elle parlait, elle donnait du poids à la tragédie, et elle ne parviendrait plus à la tenir à distance.

En allait-il de même pour ses amies ? Avaient-elles elles aussi énormément de peine à remonter la pente ? Il faudrait bien qu'elles finissent par se confier les unes aux autres.

L'eau du bain était presque froide, à présent. Natacha se leva, sortit de la baignoire, enroula un drap de bain en éponge épaisse autour de son corps.

D'autres souvenirs lui revenaient, toujours liés au camp. Le froid. La faim, omniprésente. Tout le corps douloureux, après les interminables journées d'un travail épuisant.

Et, toujours, la peur. Peur d'être battue à mort, piétinée, à cause d'un regard, de l'humeur irascible d'une gardienne, terreur de recevoir une balle dans la tête...

Elle croyait avoir surmonté le passé mais c'était faux, naturellement. Tout était là, enfoui dans son cœur, dans sa mémoire.

Elle s'habilla et, s'installant à la table devant la fenêtre, se mit à écrire tout ce qui lui pesait sur le cœur. Des phrases parfois décousues, de simples mots, ou bien des instantanés qui lui revenaient, comme ce jour où elle avait cru qu'elle ne sortirait pas vivante du *Revier*. Elle avait survécu finalement mais sa vie était restée marquée à jamais.

Elle ne relut pas sa lettre avant de la glisser dans une enveloppe adressée à Olivier.

Elle ignorait si elle aurait le courage de la lui donner à lire un jour.

Elsa

Le matin, je fais mon « tour des vignes » en compagnie de ma meute.

Les voir courir en avant-garde, le fouet haut levé, me fait un bien fou. J'aime la robustesse, le côté rustique, mais aussi la tendresse de mes teckels. Ils savent me réconforter lorsque je vais mal. Mes chiens sont dotés d'antennes ! Quand Thibault s'absente, ils sautent tous les trois sur mon lit et veillent sur moi, éloignant les cauchemars.

« Tu fais un transfert sur tes chiens », a remarqué l'autre jour mon amie Suzanne.

C'est une amie « d'après ». Après la guerre. Médecin, elle possède elle aussi des antennes et devine ce que je préfère garder pour moi. C'est avec elle que j'ai osé me lancer dans l'ascension du Ventoux, l'automne dernier. Une autre forme de dépassement.

L'aube est couleur de rose. Le bleu gagne peu à peu et, lentement, je me détends. Un nouveau jour… comme un cadeau.

Thibault ne comprendrait pas. Il est cartésien, rationnel. Nous ne venons pas de la même enfance. J'ai cru, pourtant, les premiers temps, que je pourrais être comme les autres. Redevenir insouciante, et gaie.

La réalité m'a rattrapée durant mes premières vendanges. Une simple question, posée par l'une des saisonnières : « Cette chaleur… ça me rappelle la Libération à Paris. Tu y étais, toi aussi ? »

J'ai bredouillé une réponse inaudible, me suis détournée, le feu aux joues. À cette date-là, je me trouvais dans un wagon à bestiaux, en route pour un « camp de travail » dont j'ignorais le nom. L'enfer. Parce que j'avais caché un parachutiste anglais dans le grangeon du champ d'oliviers.

Je me suis toujours demandé qui a pu me dénoncer. Je suppose que je ne le saurai jamais. Vingt-six ans après, c'est trop tard. De plus, quelle importance, à présent ? Le mal est fait.

Jean-Paul, le régisseur, arpente déjà les vignes. Il me salue d'un geste de la main et soulève son chapeau. Seul Chips va quémander une caresse. Judex et Lupin restent dans mes jambes. Je siffle Chips.

— On rentre, mon chien !

Mes invitées ne sont pas encore descendues. Je prépare la table du petit déjeuner pendant que le café passe. Nappe en indienne sur la table en fer, bols et soucoupes en barbotine, verres « bullés » de Biot pour accompagner les oranges pressées et les croissants apportés par Josie, la boulangère itinérante, dès potron-minet.

— C'est royal ! s'écrie Monique, apparaissant sur la terrasse. Nous nous regardons. Nous n'avons pas besoin de mots pour nous souvenir du bidon en fer-blanc contenant un breuvage infâme, pompeusement appelé « soupe ».

Monique esquisse un sourire.

— Tu n'as rien oublié, n'est-ce pas ?

Je lui tapote la main.

— Comment le pourrions-nous ? Nos souvenirs font partie de nous, et nous seules savons à quoi nous avons survécu. C'est aussi simple que ça !

J'enchaîne :

— Tu as bien dormi ?

— Aussi surprenant que cela puisse paraître, fort bien ! Quand je dis que je devrais m'installer en Provence !

— Toi seule es à même de prendre ta décision.

Peut-être ai-je parlé trop vite ? Je me pose la question en voyant mon amie pâlir. Aussi, je me crois obligée d'expliquer :

— Je veux dire... en tant qu'agent immobilier.

— Oui, bien sûr, fait-elle, la voix lointaine.

Il ne faut pas être grand clerc pour deviner qu'elle traverse une phase de remise en question. Comme Natacha. Comme moi.

La crise de la quarantaine bien entamée. À moins que ce ne soit celle des survivantes ?

Ce que Monique nous a confié hier au sujet de Georges m'a bouleversée. Quand cette maudite guerre cessera-t-elle de marquer nos vies ? Comment aurais-je réagi à sa place ? Mal, j'en ai peur. Certainement parce que toutes, désormais, allons à l'essentiel. Pas de temps à perdre avec des hésitations, des tergiversations. Mais Monique connaît Georges depuis si longtemps, ils se sont mariés en 39... une éternité !

— Tu sais, me dit-elle, comme si elle avait suivi le cours de mes pensées, j'ai beaucoup de compassion pour cette jeune femme, Renate.

Je hoche la tête. Ma gorge se serre.

— C'est une victime, elle aussi, insiste-t-elle.

— Au même titre que Georges, toi ou sa mère...

Cette fois, son regard flambe de colère. C'est si rare chez elle que je ne cherche pas à dissimuler ma surprise.

— Ne nous place pas sur le même plan, merci ! lance-t-elle, visiblement furieuse.

Pourquoi n'ai-je pas gardé un silence prudent ? Je me giflerais !

Elle reprend d'un air las :

— Tu vois, Elsa, je me dis souvent que j'aurais beau tout essayer, je ne parviendrai jamais à oublier sa... trahison.

Trahison. Le mot n'est pas trop fort, à mon avis car, de son côté, Monique n'a jamais regardé un autre homme durant leur séparation de six longues années. « Si j'ai pu le faire, semble-t-elle penser, pourquoi, de son côté, n'a-t-il pas résisté à la tentation ? » Éternelle question !

Nous attaquons le petit déjeuner sous les regards particulièrement intéressés des chiens. Judex me lèche le pied, histoire de se rappeler à mon bon souvenir. Je distribue à chacun de petits morceaux de croissants auxquels ils font honneur. Monique boit son orange pressée à petites gorgées, tout en admirant la vue sur le mont Ventoux.

Je la sens à la fois un peu perdue et résolue, et cela m'étonne. Elle m'a toujours émue à cause de sa fragilité.

— Et toi ? me demande-t-elle tout à trac. Tu n'as pas envie, parfois, de tout envoyer balader et de changer de vie ?

J'écarquille les yeux. Tout envoyer balader ? Mais j'aime Thibault, et le mas est ma maison.

Pourquoi diable avons-nous ouvert la boîte de Pandore ? N'était-ce pas beaucoup plus confortable de faire comme si tout allait bien ?

Natacha

Sa secrétaire, Sylvie, était la seule à savoir où elle se trouvait. Natacha lui avait communiqué le numéro du mas afin d'être joignable en cas d'urgence. En lui précisant bien qu'il devait s'agir d'une véritable urgence.

Aussi fut-elle surprise lorsque Elsa l'appela. On la demandait au téléphone. Elle pensait entendre la voix de Sylvie, ce fut celle d'Olivier. Un Olivier qui hurlait dans le combiné.

— Natacha ! Peux-tu m'expliquer ce qui se passe ? Pourquoi n'es-tu pas rentrée ? Où es-tu ? J'ai dû faire le siège de ton assistante pour lui arracher ce numéro. Tu n'es pas souffrante, au moins ?

— Stop, Olivier, une seule question à la fois ! Je me trouve dans le Vaucluse chez mon amie Elsa. Et, non, je ne t'ai pas prévenu parce qu'après ton ultimatum, je ne savais plus que penser. Je ne le sais toujours pas, d'ailleurs ! Aussi, merci de ne pas me rappeler ici.

Elle raccrocha sans se laisser émouvoir par ses « Allô ! » répétés.

Elle prévint Elsa.

— Merci de ne plus me passer d'appels. Juste aujourd'hui, pour me laisser le temps de la réflexion.

Elle sourit à son amie.

— Rien de grave. Mon mari qui s'inquiète.

Elle avait dit « mon mari » parce que c'était plus simple mais, en fait, elle avait toujours refusé d'épouser Olivier. Parce qu'elle n'était sûre de rien. Parce que, d'un instant à l'autre, la vie pouvait basculer.

— Tu l'aimes ? demanda Elsa.

Posant cette question, elle se remémora brusquement un moment fort de leur captivité. Nadia, la plus âgée de leur block, venait d'être envoyée à la chambre à gaz. Elles étaient toutes bouleversées, anéanties. Et puis Séverine, professeur de français dans la vie d'avant, avait commencé à dire un poème. Elsa se rappelait toujours les vers, plus de vingt-cinq ans après.

Si tu ne le fais pas pour toi,
N'oublie pas de vivre pour elle.
Elle qui a été sacrifiée
Par des fous sanguinaires
C'est ce qu'elle aurait souhaité
Que nous vivions pour elle.

Natacha tourna vers son amie un visage baigné de larmes.

— Je tiens à lui. J'ai besoin de lui, même si je ne sais pas le lui dire. Tu comprends, quand je suis rentrée à Paris, je n'avais plus personne. Plus de frère, plus de parents, plus de grands-parents. J'étais la seule à avoir survécu. Alors, forcément, pour ne pas m'effondrer, j'ai serré les dents et me suis juré de ne plus jamais être une victime. Ça signifiait pour moi me protéger de tout, même de l'amour.

Elsa hocha la tête.

— Ils nous ont bien bousillées, les salauds, murmura-t-elle.

Elle, elle avait su qu'elle aimait Thibault. Tout en lui refusant ce qu'il désirait par-dessus tout, un enfant.

Raté sur toute la ligne ! pensa-t-elle.

Elle se sentait horriblement lasse, avait l'impression d'avoir été rouée de coups. Elle se redressa, parce qu'il le fallait. Pas question en effet de ne pas nourrir ses invitées !

— Omelette et ratatouille, ça vous dit ? lança-t-elle à la cantonade.

— Je t'aide, proposa Monique.

Elles allèrent chercher courgettes, aubergines et tomates au potager, et épluchèrent les légumes sous la tonnelle. Natacha les observait tout en rongeant ses ongles vernis.

Brusquement, elle se leva.

— Je peux emprunter ta voiture ? J'ai une lettre à poster, le plus vite possible.

— Pas de problème. Tu trouveras les clés sur la desserte du vestibule. Tu roules jusqu'au village. Le bureau de poste est situé sur la place, tu ne peux pas le rater.

— Merci.

Elsa et Monique suivirent des yeux leur amie qui, après avoir fait un détour par sa chambre, démarrait en trombe.

— Elle a pris sa décision, commenta Monique. J'aimerais bien pouvoir l'imiter mais je reste bloquée.

— Es-tu pressée ?

— Même pas ! De toute évidence, Georges ne se soucie pas de moi !

— Il n'a guère de moyens de découvrir ta retraite.

— Objection ! Il sait que je venais à Avignon pour vous retrouver, Natacha et toi, comme chaque mois de juillet depuis vingt-cinq ans. Et votre numéro de téléphone figure dans l'annuaire.

Elsa soupira. Elle était parvenue aux mêmes conclusions que son amie.

— Georges ne sait peut-être pas comment reprendre contact avec toi, risqua-t-elle.

Suggestion qui exacerba la colère de Monique.

— Dis plutôt qu'il n'en a pas envie !

Impuissante, Elsa soupira.

— Je n'en sais rien. Franchement. Je ne connais pas suffisamment Georges.

Elle avait toujours eu l'impression qu'il n'appréciait guère leur rendez-vous, chaque 14 juillet. Comme si Monique, en rejoignant ses amies, lui avait échappé.

Elle retourna les légumes mis à rissoler dans la sauteuse avec oignons et gousses d'ail, ajouta un peu d'huile d'olive, du thym, du laurier, et fit mijoter le tout. Pour une fois, les chiens ne tournaient pas autour d'elle.

— Pas de viande, résuma-t-elle, rieuse. Ça ne les intéresse pas !

— Ils t'accompagnent au magasin ?

— Bien sûr. Et, crois-moi, ils sont plus connus que moi ! Judex, surtout, joue les vedettes. Il a son fan-club !

— J'aime bien ta vie, fit remarquer Monique. Tu as réussi à te reconstruire.

Elsa soutint son regard.

— Je n'avais pas le choix. De plus, j'ai eu la chance de rencontrer Thibault.

Dès le premier jour, elle s'était sentie en sécurité avec lui. Il avait participé à la Résistance, lui aussi, n'avait pas été arrêté et avait intégré la deuxième DB du général Leclerc. C'était un homme droit, qui ne supportait pas les compromissions. Pourtant, elle ne parvenait pas à se confier à lui.

Parce que, malgré toute son empathie, il ne pouvait imaginer ce qui s'était passé à Ravensbrück.

Elsa se pencha vers Monique.

— Ça ne t'est jamais arrivé de te dire que tout aurait été plus simple si tu n'étais pas revenue ?

Son amie ne put réprimer un sursaut.

— Jamais ! Souviens-toi… la promesse que nous avons faite à Nadia. Vivre pour elle.

Un silence tomba.

Bouleversée, Elsa écrasa de l'index la larme qui roulait sur sa joue. Elle était là, la réponse aux injonctions pressantes de Thibault.

« Un enfant, Elsa. Je désire tant un enfant de toi. »

Brusquement, elle avait le sentiment de pouvoir surmonter sa peur. De vivre, enfin. Pour Nadia. Et pour toutes celles qui n'étaient pas rentrées en France.

— Tu pleures ? s'étonna Monique.

Elsa secoua la tête.

— Rien de grave. Mais toi et Georges… que souhaites-tu faire ?

— Quitter Lyon. Ouvrir une agence immobilière en Provence. Et prendre mon temps. Après tout… je n'ai pas encore cinquante ans. C'est le moment ou jamais de changer de vie. Avec ou sans Georges !

Une autre Monique souriait à cette perspective.

Chapeau ! pensa Elsa.

Natacha, de retour, rendit les clés et les papiers de la 204 à son amie.

— Je vais peut-être rentrer à Paris un peu plus tôt que prévu, déclara-t-elle.

— Peut-être ? répéta Elsa, un brin moqueuse.

Natacha sourit.

— Tu verras bien. En tout cas, merci à toi de m'avoir offert cette pause. J'en avais besoin.

— À ton service, ma belle. Ça vaut aussi pour toi, Monique. Le mas vous est grand ouvert.

Toutes trois assises sous la tonnelle, elles trinquèrent d'une mauresque, pastis et sirop d'orgeat. Elles savaient que ces quelques jours passés ensemble avaient encore resserré leurs liens et qu'elles pourraient toujours compter les unes sur les autres.

Elles savaient aussi que, malgré le poids des souvenirs, elles se devaient d'avancer.

Ne rien oublier, mais aussi vivre, intensément.

Pour Nadia et toutes celles qui étaient tombées, là-bas, au nord de Berlin.

L'OMBRE DE NATHALIE

> *Petites houppes à poudrer de poudre d'or,*
> *Les mimosas, aux fins feuillages en dentelle.*
>
> Stuart M<small>ERRILL</small>

Antoine s'était promis, quinze ans auparavant, de ne pas remettre les pieds à l'Escampelade. Il l'avait expliqué à Nathalie, qui avait compris.

Elle était venue le voir deux fois à San Francisco. Bouleversé, il lui avait consacré la semaine, lui faisant découvrir la ville qui était devenue la sienne.

Il se rappelait son émotion lorsqu'elle avait découvert les jardins du Golden Park Gate, tout particulièrement le Shakespeare Garden, dans lequel chaque variété de fleurs renvoyait à des passages de l'œuvre du dramaturge.

Ils avaient longtemps cherché la fameuse Maison bleue de la chanson de Maxime Le Forestier avant de la découvrir, « adossée à la colline », dans le quartier du Castro qui, depuis les années 1970, s'était embourgeoisé. De style victorien, elle avait beaucoup de charme avec ses trois niveaux, ses bow-windows, et ce ton délicat de bleu, rehaussé de blanc.

Ils avaient éclaté de rire en apprenant qu'elle avait été un temps repeinte en vert avant de redevenir bleue.

Tous deux avaient toujours beaucoup ri. Leur complicité exaspérait son père.

« Nathalie, bon sang, tu es sa mère ! explosait-il à intervalles réguliers. Cesse de te comporter avec Antoine comme une gamine ! »

Pourtant, rien n'y faisait. Nathalie pouvait terminer la phrase commencée par Antoine. Ils aimaient tous deux le cinéma des années 1950, les livres anglo-saxons et le théâtre de Shakespeare. Ils connaissaient par cœur des répliques de films, en émaillaient leur conversation. Tous deux donnaient le sentiment à n'importe quel spectateur d'appartenir à une autre planète.

Ils avaient leurs codes, leurs rituels.

Pierre-Éric en devenait fou.

Il ne supportait pas l'idée que Nathalie lui échappe. Il ne supportait pas grand-chose, en fait. Jaloux de son propre fils… n'était-ce pas ridicule ?

Antoine se comportait comme si de rien n'était. C'était trop difficile pour lui de supporter l'hostilité de plus en plus marquée de son père.

Il avait fini par jeter l'éponge, ce qui lui avait valu de se faire traiter de mauviette. Peu lui importait !

Il n'était pas fait pour vivre à l'Escampelade. Seulement il y avait Nathalie.

L'émotion lui serra la gorge, et il crispa ses mains sur le volant. Il se reprochait de ne pas être revenu plus souvent, de ne pas avoir compris qu'elle n'allait pas bien. Au téléphone ou dans ses courriels, elle donnait le change. Elle reviendrait bientôt le voir, et il aurait intérêt à l'emmener dans ce restaurant dont Dominique et lui lui avaient parlé. Elle rêvait de savourer les huîtres du Pacifique et la fameuse soupe de palourdes aux lardons et à la crème face à la baie.

Nathalie s'entendait bien avec Dominique. C'était important pour Antoine.

Il reconnaissait le paysage familier, et s'en irritait, sans pouvoir expliquer pourquoi.

À moins qu'il ne fût stressé à la perspective de revoir son père ? Cette seule idée le contraria. Ce n'était pas le moment.

Il devait pouvoir surmonter cette épreuve. Ce n'était pas la pire, loin de là.

De nouveau, il pensa à Nathalie.

Il aurait tant souhaité reconnaître sa silhouette au portail de l'Escampelade, la voir agiter la main dans sa direction.

Il ne supportait pas l'idée qu'elle soit morte, si jeune, trop jeune.

Il remonta l'allée bordée de mimosas. Il se rappelait, chaque hiver, l'émerveillement de Nathalie.

« Ces arbres me fascineront toujours », disait-elle.

Elle riait, se moquant d'elle-même.

« Comme si je n'étais pas habituée, depuis le temps ! Mais c'est plus fort que moi, tout ce soleil, en février… N'est-ce pas magique ? »

Antoine acquiesçait. Les mimosas de la propriété familiale ne l'intéressaient guère, malgré leur beauté solaire. Chaque année, au plus fort de la floraison, il souffrait de crises d'allergie de plus en plus pénibles. Son père prétendait que c'était psychosomatique, que la désensibilisation fonctionnait très bien. Éternel duel à fleurets de moins en moins mouchetés…

Pierre-Éric attendait d'Antoine qu'il prenne la relève et Antoine n'en avait pas la moindre intention.

Il gara sa voiture au pied du perron, marqua une hésitation avant d'en sortir.

Pourquoi était-il revenu ?

Il n'avait qu'une hâte, retourner à San Francisco.

*

Pierre-Éric Gendron laissa retomber le rideau du salon.

Il a tout de même fait le déplacement, se dit-il.

Jusqu'au dernier moment, il avait redouté que son fils ne vienne pas à l'Escampelade. Il ne le lui aurait pas pardonné.

Cependant, à présent qu'il était là, il ne savait pas quelle attitude adopter.

Descendre le rejoindre en ouvrant les bras ? L'un comme l'autre n'y croiraient pas.

Attendre qu'il vienne le saluer ? Cela manquerait sérieusement de chaleur.

Perplexe, Pierre-Éric sortit de son bureau et se dirigea vers l'escalier orné de tableaux du XIXe siècle.

— Je suis là ! fit Antoine.

Le père et le fils se rejoignirent à mi-escalier. Ils se serrèrent la main, aussi mal à l'aise l'un que l'autre.

Pierre-Éric toussota.

— Tu... tu as fait bon voyage ?

Antoine haussa un sourcil.

— Pas vraiment, vu les circonstances... répondit-il froidement.

Son père haussa les épaules.

— Oh ! Ce n'est pas le moment de finasser ! répliqua-t-il avec vivacité.

Il n'allait pas tarder à exploser, se dit Antoine. Or, il n'avait aucune envie de subir un accès de colère paternelle à peine arrivé dans le Var.

— Où est maman ? questionna-t-il.

Le visage de Pierre-Éric s'affaissa.

— À la maison funéraire de Mandelieu. Si tu veux t'y rendre…

Antoine hocha la tête.

— Oui, j'ai besoin de la revoir. Je me rafraîchis et j'y vais. Ma… ma chambre n'a pas changé ?

Pour la première fois, son père parut gêné.

— En quinze ans, nous avons procédé à des aménagements. Tu comprends, ta sœur a trois enfants, il fallait bien les caser… J'ai demandé à Jeanne de t'installer dans le pavillon de tante Agathe.

Antoine ironisa :

— Je comprends, oui. Il ne faut surtout pas que je côtoie de trop près mes neveux et nièce.

— Tu n'y es pas ! protesta son père. La maison n'est pas extensible.

— Ce n'est pas grave, fit Antoine. Vraiment pas.

Il fit demi-tour, descendit et sortit de la maison. Intérieurement, il bouillait de colère. Il saisit son sac de voyage, et marcha jusqu'au pavillon où sa grand-tante, Agathe Moustier, s'était retirée après le décès de son époux.

La dépendance n'avait pas été occupée depuis un moment et, malgré ses efforts, Jeanne n'avait pu chasser l'odeur de moisi qui flottait entre ses murs.

Il posa son sac dans la chambre. Le lit était fait, des serviettes de toilette préparées dans la salle de bains. Jeanne avait posé un bouquet de roses rouge-orangé sur la table du salon. Il caressa un pétale, le cœur serré.

Vite, il alla prendre une douche, se changea.

Il aurait aimé se reposer un peu mais savait qu'il ne parviendrait pas à dormir.

Il but un grand verre d'eau et repartit en direction de Mandelieu.

*

— Antoine !

Thaïs, le visage ravagé, s'immobilisa en face de son frère.

Elle sortait de la maison funéraire.

Tous deux s'étreignirent. La première, elle se dégagea.

— Tu es venu, finalement.

Elle s'essuya les yeux d'un revers de main.

— Ça a été si rapide, balbutia-t-elle.

Sa ressemblance avec leur mère était troublante. Mêmes cheveux blonds, mêmes yeux clairs, même silhouette élancée.

Il pâlit. Elle lui tapota le bras.

— Je sais, je suis le portrait de maman, reprit-elle d'une toute petite voix. Tu as vu le Commandeur ?

Ils échangèrent un sourire crispé.

C'était Antoine qui, longtemps auparavant, avait surnommé ainsi leur père. Ce qui lui seyait fort bien.

Il opina du chef.

— Il est secoué lui aussi, enchaîna Thaïs. Pourtant, apparemment, il savait.

Cancer du pancréas. Comment Nathalie avait-elle pu leur dissimuler la vérité ?

— Par amour, glissa Thaïs, comme si elle avait suivi le cheminement de la pensée d'Antoine.

De nouveau, ils se serrèrent l'un contre l'autre.

— Je t'attends, si tu veux, proposa-t-elle.

Il accepta avec gratitude, alla se recueillir auprès de Nathalie et ressortit très vite. Ce n'était déjà plus elle. Leur mère était si chaleureuse, si... vivante !

Il ne supportait pas de la voir ainsi et se contenait pour ne pas hurler de douleur.

Ils regagnèrent l'Escampelade l'un derrière l'autre. Thaïs avait une Mini jaune et noir qu'elle pilotait avec aisance sur la route en lacet.

Sa petite sœur avait changé, pensa Antoine. Impression confirmée lorsqu'ils se retrouvèrent dans le salon de la maison familiale.

Ludovic, le mari de Thaïs, les attendait en compagnie de leurs trois enfants, Noé, Oscar et Tiphaine. Il paraissait tendu.

Quoi d'étonnant ? se dit Antoine alors qu'il venait de rester en tête-à-tête avec son beau-père.

Ludovic Berthon n'avait guère de points communs avec Pierre-Éric. Fidèle à lui-même, le mimosiste partait du principe qu'il n'existait pas de profession plus importante au monde. Ludovic, qui avait créé sa maison d'édition à Marseille, ne connaissait rien aux acacias et n'avait pas l'intention de s'y intéresser mais il se sentait vaguement coupable sous le regard navré de Pierre-Éric.

Il salua son beau-frère avec chaleur.

— Il y a longtemps qu'on ne s'est vus. Dommage que ce soit en pareille circonstance...

Des banalités, mais elles étaient sincères, Antoine le savait. Ludovic était quelqu'un de bien. Même si Pierre-Éric passait son temps à le critiquer.

Les enfants filèrent à la cuisine pour le goûter. Antoine les suivit d'un regard songeur.

Les enfants de Thaïs et de Ludovic, les petits-enfants de Nathalie…

Un goût amer emplit sa bouche. Sa mère lui manquait tant…

Il éprouva l'envie irrésistible de tourner les talons et de repartir pour les États-Unis. C'était impossible, il le savait.

Ils s'installèrent dans le salon, en ayant l'impression d'être amputés d'une partie d'eux-mêmes.

Le maître de maison gardait le silence. Bravement, Thaïs attaqua, à l'intention de son frère :

— Le père Gilles dira la messe pour maman. Si tu as une lecture particulière à proposer…

Si la question le prit de court, il trouva tout de suite la réponse :

— Un poème de Sully Prudhomme, déclara-t-il. C'est maman qui me l'avait fait découvrir.

Leur père leva les yeux au ciel. Un poème ! semblait-il penser. Ça ne m'étonne pas de toi.

Mais Thaïs renchérit :

— Quelle bonne idée ! Moi, j'ai choisi Éluard. « Les Veilleurs de chagrin ».

Pierre-Éric Gendron se leva de son fauteuil en haussant les épaules.

— Tout fout le camp ! lança-t-il, furieux. Comme si vous ne pouviez pas choisir des textes des Écritures !

Antoine crispa les poings. Il ne voulait pas se laisser entraîner par son père dans une escalade verbale.

Aussi se borna-t-il à répondre :

— Nous avons le choix, précisément. C'est bien ce que nous avions tous les trois compris, non ?

Thaïs lui adressa un coup d'œil complice. Il en fut rasséréné. Tous deux renouaient avec l'entente de jadis, lorsqu'ils faisaient front contre leur père.

Ce dernier eut l'intelligence de ne pas répliquer, même s'il en mourait d'envie. Ludovic toussota.

— Je vais emmener les enfants jouer dehors, suggéra-t-il.

— Je t'accompagne, fit Thaïs.

Antoine leur aurait volontiers emboîté le pas mais son père l'aurait assurément mal pris. Il resta donc au salon, se demandant de quoi tous deux allaient bien pouvoir parler. L'arrivée de Jeanne fit diversion. Elle le serra dans ses bras.

— Cela fait bien trop longtemps, mon grand, lui dit-elle.

Elle lui caressa la joue, un geste que Nathalie aurait pu esquisser.

— Elle vous aimait tant, Thaïs et toi, reprit-elle.

Elle avait vieilli. Depuis l'enfance, Jeanne faisait partie de leur vie. Antoine se souvenait de ses goûters incomparables, tartes aux pignons et macarons, qui lui mettaient encore l'eau à la bouche. Les jours de confitures, Thaïs et lui ne quittaient pas Jeanne. Ils l'aidaient à dénoyauter les abricots, pesaient le sucre – poids pour poids – « touillaient » les fruits qui cuisaient lentement dans la grande bassine en cuivre.

Thaïs appliquait avec soin chaque étiquette sur le papier de cellophane qui couvrait le pot. Antoine avait calligraphié auparavant la nature du fruit, et la date de la préparation. Leur mère surgissait dans la cuisine pour ranger les pots bien essuyés dans la grande armoire de l'office.

« Comme vous avez bien travaillé tous les trois ! » s'écriait-elle, admirative.

Jeanne sourit à Antoine. Bravement.

— Nous allons tenir, pour Nathalie, déclara-t-elle avec force. Elle aurait détesté nous voir verser des torrents de larmes.

— Chez nous, on se tient, renchérit Antoine.

C'était l'une des phrases préférées de Nathalie. Elle l'avait mise en pratique au décès de ses parents.

Cet échange avec Jeanne fit du bien à Antoine. Son père, quant à lui, gardait toujours le silence.

— Je vais marcher un peu, annonça Antoine. Histoire de surmonter le décalage horaire.

Pierre-Éric fronça les sourcils.

— Quelle idée, aussi, d'être allé vivre au bout du monde !

« Ne réponds pas », s'exhorta son fils.

Il connaissait assez bien le maître de l'Escampelade pour deviner que celui-ci cherchait à provoquer une querelle. Il ne lui donnerait pas ce plaisir.

Il sortit donc de la pièce sans plus prêter attention à son père. Sur le perron, un chien jaune vint se frotter contre ses jambes. Bas sur pattes, les yeux sombres débordant de tendresse, il paraissait en manque de caresses.

— Le dernier sauvetage de ta mère, lui indiqua Jeanne. Il était attaché à un arbre et avait les pattes en sang. Comme si Nathalie avait pu l'ignorer ! Le vétérinaire l'a remis sur pied ou, plutôt, sur pattes, et il ne quittait plus Nathalie. Elle l'a appelé « Mimosa », ça s'imposait !

Antoine se baissa et le caressa sous le menton. Ledit Mimosa gémit de bonheur.

— Il ne va plus te lâcher ! prévint Jeanne. On ne peut pas dire que ton père s'occupe de lui, il ne doit pas être assez chic pour lui ! Et Thaïs a déjà assez à faire avec ses trois lascars.

— Il ne me dérange pas, fit Antoine.

Suivi de Mimosa, il se dirigea vers le petit bois qui faisait partie de la propriété.

Le soleil était doux, le ciel d'un bleu lumineux. Un bon temps de février... Tout en marchant, Antoine se remémorait des souvenirs d'enfance qu'il croyait avoir oubliés depuis longtemps. Là, le sentier bordé de cyprès qu'il avait emprunté âgé d'à peine quatre ans, alors qu'il se languissait trop de Nathalie. Sa mère, revenant du village, avait couru à ses trousses et perdu une sandale dans l'aventure. Lorsqu'elle l'avait rattrapé, elle l'avait dévoré de baisers en lui faisant promettre de ne pas recommencer.

« Maman, tu m'aimes ? » questionnait-il. Avant d'ajouter : « Tu m'aimes grand comment ? »

C'étaient les jours heureux, quand il ne se posait pas encore de questions existentielles.

Sa gorge se noua. Il accéléra le pas, comme pour chasser ses idées douces-amères. De gros nuages couraient du côté du massif du Tanneron. La pluie risquait de tomber en fin de journée. C'était le problème en février, des variations météorologiques assez rapides.

La fatigue l'accabla brutalement et il fit demi-tour. Thaïs l'attendait devant le portail de l'Escampelade. Elle glissa son bras sous celui de son frère.

— C'est bien que tu sois venu, déclara-t-elle. Nous sommes tous là.

— Sauf maman.

Thaïs se mordit les lèvres.

— Maman… Je ne sais pas comment nous allons pouvoir vivre sans elle.

— Notre père est fidèle à lui-même. Il maîtrise son émotion.

— Pour combien de temps ? Quand nous sommes arrivés, Ludovic et moi, il était effondré.

— Le fait de me revoir l'a revigoré, apparemment.

Thaïs tressaillit.

— Ne le prends pas ainsi, je te prie. Certes, il n'est pas facile mais maman était tout pour lui.

Plus que nous, pensa-t-il.

Thaïs fronça les sourcils.

— Que comptes-tu faire ? Papa refuse d'admettre que notre vie et notre travail sont ailleurs.

— Ludovic s'est lancé dans l'édition.

Elle hocha la tête.

— Un vieux rêve. Il a eu une opportunité incroyable. Papa l'a mal pris, comme tu t'en doutes. Il comptait sur Ludovic pour continuer la lignée.

— Il ne porte pas le nom de Gendron.

— Oh ! Il aurait trouvé une solution, fais-lui confiance. Cependant, Ludovic et moi avons été très fermes. Il n'est pas question pour nous de reprendre l'Escampelade.

— Je vous comprends. Mais je n'ai pas fini d'entendre des allusions de plus en plus claires à ma « désertion ».

— J'en ai peur, en effet.

Contre toute attente, ils se mirent à rire.

— Les héritiers indignes... ça aurait plu aussi à maman, elle qui aimait tant l'absurde.

Bras dessus, bras dessous, ils gravirent les marches du perron. Pierre-Éric les attendait sur le seuil.

— Vous êtes de joyeuse humeur, on dirait ! laissa-t-il tomber, glacial.

Antoine refusa de se laisser impressionner et serra un peu plus fort le bras de sa sœur, comme pour lui communiquer du courage.

— Nous nous rappelions certains souvenirs des temps heureux, déclara-t-il d'une voix unie. C'est important.

— Vraiment ? Alors que nous nous apprêtons à lui dire adieu ? Décidément, nous ne raisonnons pas de la même manière !

Antoine leva les yeux au ciel.

— Ce n'est pas nouveau ! répliqua-t-il, excédé.

Vite, constatant que le regard de leur père virait au noir, Thaïs enchaîna sur les enfants.

Pierre-Éric se ressaisit au prix d'un effort manifeste et ils pénétrèrent tous trois dans la maison.

Mimosa jouait avec les enfants sur le tapis du hall d'entrée. Pierre-Éric s'emporta.

— Je ne veux pas de cette horreur dans la maison ! cria-t-il.

Thaïs s'interposa.

— Cette horreur, comme tu dis, avait été recueillie par maman. Tu peux donc faire un effort.

Les enfants, interloqués, avaient cessé de jouer. Le silence était insupportable. Au bout d'une longue minute, le maître de maison haussa les épaules en s'abstenant de tout commentaire.

Antoine réprima un soupir. Décidément, leur père n'avait pas changé ! Il était tenté de tourner les talons et de prendre le premier avion pour San Francisco. Cependant il savait qu'il ne le ferait pas. Pour Nathalie.

*

Debout dans l'église, Antoine se laissait submerger par les souvenirs. Il avait tenu bon le temps de lire le poème de Sully Prudhomme, même si sa voix s'était brisée à deux reprises et, à présent, il s'efforçait de ne pas craquer en évoquant mentalement les bons moments passés avec sa mère. Il la revoyait, lumineuse, irradiant la joie de vivre, lui adressant ce sourire rayonnant qui lui manquait tant déjà.

Il l'entendait fredonner « Fuir le bonheur de peur qu'il ne se sauve » et rire aux éclats en lançant : « Le bonheur, moi, je le croque à belles dents ! » Il se souvenait de la douceur de sa main, lorsqu'elle lui caressait le front quand il était malade. Il avait l'impression de sentir son parfum, Diorissimo, auquel elle était toujours restée fidèle. Jamais plus. Il réprima un sanglot.

La main de Thaïs vint chercher la sienne, la serra, fort. Devant eux, seul, leur père, raidi dans sa douleur, ne laissait rien voir. Antoine aurait voulu le rejoindre, poser la main sur son épaule en geste de soutien et d'apaisement. Cependant, il n'osa pas le faire.

C'était trop tard, se dit-il, et son désarroi s'accrut.

Dans la nef, s'élevèrent les premières mesures de « San Francisco » de Maxime Le Forestier, le choix de Nathalie exprimé dans ses dernières volontés, et il sut que sa mère avait pensé à Dominique et à lui. Il l'imaginait leur disant : « Cadeau ! » Cette fois, il ne put résister, et les larmes ruisselèrent sur ses joues.

— Viens nous voir, surtout, répéta Thaïs, en étreignant Antoine.

Tous deux se sentaient un peu bizarres, comme rescapés, après l'épreuve des obsèques de leur mère. Il avait fallu faire face à tous ceux qui s'étaient déplacés, les embrasser ou leur serrer la main, répéter les mêmes phrases. Oui, c'était particulièrement triste et injuste. Non, personne n'oublierait Nathalie.

Une horreur... Spontanément, Thaïs et Antoine avaient fait front pour protéger leur père. Pierre-Éric, de plus en plus pâle, avait titubé à l'issue de la cérémonie. Ludovic l'avait entraîné vers sa voiture où il l'avait fait asseoir. Son médecin, qui se trouvait dans l'assistance, avait diagnostiqué un malaise provoqué par le stress. Cependant, le frère et la sœur avaient continué de répondre aux condoléances.

Leur mère aurait souhaité qu'il en fût ainsi.

« Faire face, quelles que soient les circonstances », avait-elle coutume de dire.

À présent, après la collation offerte à l'Escampelade, Thaïs et les siens retournaient à Marseille.

C'était dans l'ordre des choses, pensa Antoine. Même s'il avait le cœur lourd et que la perspective d'un tête-à-tête avec leur père ne lui souriait guère.

Les enfants lui sautèrent au cou. Tiphaine, la plus jeune, ressemblait à Nathalie. Il ne les connaissait pas vraiment. Tant d'années perdues...

Il agita la main en direction du break qui s'éloignait.

— Ludovic est stupide, déclara Pierre-Éric dans son dos. Il a refusé ma proposition de prendre ma suite à la tête de l'Escampelade.

Antoine se retourna lentement vers lui.

— Et cela t'étonne ? Thaïs et lui ont leur vie à Marseille. Pourquoi voudrais-tu qu'il devienne mimosiste alors qu'il n'est pas attiré par ce métier ? Il lance sa maison d'édition. Le rêve de toute une vie...

— Parce que le métier de mimosiste est complètement dépassé, si je te suis bien ? s'enquit Pierre-Éric d'une voix un peu trop douce.

Excédé, Antoine donna un coup de pied dans un ballon oublié par ses neveux. Il se fit mal et grimaça.

— Ce n'est pas ce que j'ai voulu dire, et tu le sais très bien ! répliqua-t-il. C'est simplement que tu ne peux forcer les gens à prendre la relève.

— Tu sais de quoi tu parles, grinça Pierre-Éric. Pas question pour toi de faire le moindre effort !

Antoine exhala un profond soupir.

— Pourquoi ne cherches-tu pas à me comprendre ? Toi, toujours toi, et tes mimosas ! C'est ta vie, je le conçois, mais Thaïs et moi avons d'autres rêves. Si nous cédions à ton chantage affectif, nous renierions nos aspirations comme nos ambitions.

Son père s'étrangla de fureur.

— Du chantage affectif ? Décidément j'aurai tout entendu ! J'ai dû accepter que tu partes au bout du monde, tout cela parce que tu n'as pas supporté quelques remarques de ma part. De son côté, ta sœur m'a fait la leçon : Pas question que je traumatise son époux avec mes allusions au domaine ! À vous entendre, tous les deux, je serais un monstre d'égoïsme, obsédé par l'Escampelade !

Antoine réprima une soudaine envie de rire.

— Si maman était là, elle te dirait que tu n'es pas loin de la réalité ! lança-t-il.

Son père fronça les sourcils avant d'esquisser à son tour un sourire.

— Ta mère dirait surtout que nous ne sommes guère diplomates !

— Naturellement ! C'est maman qui faisait en sorte que nous ne nous sautions pas à la gorge ! Elle était l'élément modérateur de notre famille.

Pierre-Éric passa la main dans ses cheveux encore drus. Brusquement, il se départit de son expression hautaine pour paraître désarmé.

— Elle me manque tant, souffla-t-il.

Antoine hocha la tête.

— À moi aussi. Atrocement.

Un vol d'oiseaux sauvages laissa une trace dans le ciel presque trop bleu. Le père et le fils échangèrent un regard perdu.

— Je suppose que ton retour à San Francisco est prévu pour bientôt, reprit Pierre-Éric.

Sa voix s'était teintée d'amertume.

Antoine effectua un pas vers lui.

Son père enchaîna : « Rien n'a changé dans ta vie ? » d'un ton chargé de sous-entendus qui hérissa Antoine et le poussa à répliquer froidement :
— Non, et c'est fort bien ainsi.
Tout était dit.

*

Une simple phrase avait suffi pour faire resurgir les souvenirs. Quinze ans auparavant… Antoine, âgé d'à peine vingt ans, décidé à révéler à ses parents ce que Nathalie avait déjà compris depuis plusieurs années. Ses hésitations, son trouble, parce qu'il redoutait la réaction de son père. Cependant, il devait le faire. Il fallait qu'il le fasse, ne serait-ce que pour se prouver qu'il était tout à fait capable de s'assumer face à son père. Il était plus que temps.

Deux heures plus tard, au terme d'une discussion houleuse qui avait manqué se terminer en pugilat malgré les exhortations au calme de Nathalie, Antoine quittait l'Escampelade en claquant la porte et en jurant qu'il n'y remettrait plus les pieds.

Il avait tenu parole. Il avait encore en mémoire les imprécations proférées par son père comme le visage livide de sa mère.

Ce jour-là, il avait détesté le mal qu'il avait fait à Nathalie mais il ne pouvait pas continuer à taire ce qu'il était. C'était pour lui une question de survie. Il y avait trop longtemps qu'il s'angoissait à l'idée d'être découvert.

Pierre-Éric avait refusé de le comprendre et campé sur sa position de condamnation.

« Avec le temps… ton père finira bien par accepter tes choix », le réconfortait Nathalie.

Cependant, elle avait sous-estimé le caractère entêté et psychorigide de son époux.

Le temps n'avait rien effacé, rien arrangé. Père et fils avaient continué de s'ignorer sans parvenir à effectuer un pas l'un vers l'autre. Et la disparition de Nathalie ne favoriserait pas leur rapprochement, bien au contraire.

Antoine réprima un soupir. Il n'avait plus le loisir de s'attarder en France, son travail le rappelait à San Francisco.

*

Comme chaque jour, Pierre-Éric vérifiait la température de la forcerie. Celle-ci ne devait pas dépasser vingt-cinq degrés Celsius.

Les employés cueillaient le mimosa dans les collines avant de constituer des bouquets d'un ou deux kilos.

Ces bouquets étaient entreposés dans une pièce fermée, la forcerie. La chaleur obtenue ayant un fort degré d'humidité, les inflorescences s'épanouissaient en quarante-huit heures au lieu d'une semaine en extérieur. En hydratant le mimosa de l'intérieur, ce procédé lui permettait de ne pas se dessécher et d'avoir une durée de vie beaucoup plus longue.

Lorsque le mimosa était épanoui, il restait à le mettre en bouquets de cent cinquante ou deux cents grammes et à les expédier en France aussi bien que dans le monde.

Instinctivement, il jeta un coup d'œil par-dessus son épaule.

Nathalie lui manquait de plus en plus. Les premiers temps, après le départ des enfants, il avait tenté de se convaincre qu'il parviendrait à remonter la pente. Il s'était plongé dans l'étude des comptes de l'entreprise, tâche dont Nathalie s'était chargée durant des lustres. Il avait vite compris qu'il ne pourrait s'en sortir sans une aide extérieure et remis tous les documents à son comptable.

« Chacun sa partie », avait coutume de dire Nathalie.

Il mesurait brusquement à quel point elle avait raison.

Leurs amis s'étaient relayés pour inviter Pierre-Éric. Pas un barbecue, pas une activité sportive sans qu'il soit convié à y participer. Là encore, il s'était vite lassé. Il était « le veuf », celui qu'on s'évertuait à distraire, fût-ce à son cœur défendant. Le soir venu, il dînait rapidement d'une salade et de fruits avant de se réfugier dans la bibliothèque, là où ils avaient l'habitude d'écouter de la musique, Nathalie et lui.

Or, il avait beau sélectionner sur la chaîne hi-fi leurs morceaux préférés, la magie n'opérait plus.

Il était seul, irrémédiablement seul. Heureusement, Thaïs et les enfants passaient le voir à intervalles réguliers. Leur présence lui donnait le sentiment de revivre, même s'il savait qu'après leur départ, une chape de silence retomberait sur l'Escampelade. Un silence qu'il supportait de plus en plus mal.

Bon gré mal gré, il cohabitait avec Mimosa dont Jeanne s'occupait pour ce qui concernait sa nourriture et son entretien. Dernièrement, il s'était surpris à le caresser alors que le chien avait posé la tête sur son genou. Il avait ri de lui-même, un drôle de rire, qui avait sonné faux à ses oreilles. Décidément, la solitude lui pesait !

Qu'y pouvait-il ? se dit-il, amer.

Il avait conscience d'avoir fait le vide autour de lui à cause de son caractère difficile. Nathalie arrondissait les angles, jouait en permanence les diplomates. « Je crée du lien », disait-elle en riant. Il en allait de même avec les clients. Nathalie les connaissait tous, leur demandait des nouvelles de leur famille, avait de délicates attentions.

Toutes choses que, de son propre aveu, Pierre-Éric ne savait pas faire.

Sorti de la forcerie, il effleura de la paume le tronc de son plus vieil arbre.

— Toi et moi, on n'est plus bons à grand-chose, marmonna-t-il, le cœur lourd.

*

Sa vie était ici, à San Francisco, songea Antoine, contemplant avec une émotion toujours renouvelée le panorama sur la baie depuis la promenade au pied du Presidio.

À ses côtés, Dominique l'observait discrètement sans mot dire. Il y avait près de onze ans qu'ils s'étaient rencontrés, dix ans qu'ils vivaient un amour harmonieux.

Cependant, depuis la mort brutale de Nathalie, Antoine ne parvenait pas à surmonter son mal-être. Il se posait de nombreuses questions. Il culpabilisait, aussi, de ne pas être resté en France, tout en sachant bien que c'était irréalisable. Thaïs lui donnait souvent des nouvelles. Leur père « galérait », selon ses propres termes, entre la gestion et la production.

« Que veux-tu ? avait-elle ajouté. Il n'a jamais su déléguer. »

C'était vrai. Vrai aussi qu'Antoine avait mauvaise conscience de ne pas s'être plus impliqué dans l'entreprise familiale. Cependant, s'il avait manifesté la moindre velléité de s'y intéresser, Pierre-Éric ne l'aurait jamais laissé repartir.

Dominique posa la main sur la sienne d'un geste empreint de tendresse.

— Te sentirais-tu mieux si tu retournais passer quelques jours en France ?

Antoine haussa les épaules.

— À quoi bon ? Je ne deviendrai jamais mimosiste, nous le savons lui et moi et toi aussi, tu le sais. De plus, je ne vais pas m'absenter une nouvelle fois.

Dominique sourit.

— La campagne de publicité pour cet antirides révolutionnaire est sur les rails. Tu peux très bien t'éclipser une semaine.

Antoine secoua la tête.

— Seulement si tu m'accompagnes.

Il ajouta :

— Nathalie aurait aimé qu'il en soit ainsi. Il est plus que temps, ne crois-tu pas ?

Il lut l'émotion dans le regard de son compagnon.

Ils s'aimaient, songea-t-il, et son père n'y pourrait rien changer.

*

En mai, la saison du mimosa était terminée depuis déjà un bon moment. Cependant, la taille occupait encore Pierre-Éric et ses employés. Il avait toujours choisi une période de lune descendante pour tailler ses arbres. Il utilisait le même sécateur, soigneusement désinfecté au préalable afin d'éviter de transmettre des maladies aux autres arbres. Il coupait le tiers ou la moitié des rameaux défleuris, juste au-dessus d'une pousse, pour que de nouvelles tiges naissent et que le mimosa fleurisse abondamment l'hiver suivant.

Antoine ne put se défendre d'éprouver un sentiment d'angoisse en remontant l'allée du domaine. N'était-ce pas pure folie de se jeter ainsi dans la gueule du loup ? Pourvu, se dit-il, de plus en plus anxieux, que son père leur épargne l'une de ses remarques, pas forcément du meilleur goût ! Il lui avait annoncé leur date d'arrivée au téléphone. Pierre-Éric avait gardé le silence deux à trois secondes de trop avant de déclarer d'un ton uni : « C'est bien. »

Une réponse un peu trop laconique au goût d'Antoine mais… il connaissait suffisamment son père, n'est-ce pas ?

Dominique lui sourit. Il émanait de toute sa personne un calme, une sérénité qui faisaient du bien à Antoine.

Il n'avait rien oublié du jour de leur rencontre, à bord d'un *cable car* grimpant au sommet de Russian Hill.

Il avait alors éprouvé une sensation étrange autant que rassurante : l'impression d'être arrivé à bon port. Lui qui vivait très mal son homosexualité n'avait plus eu honte, ni mal-être. Seulement la certitude que Dominique et lui étaient destinés l'un à l'autre.

Et, entre eux, tout s'était enchaîné comme allant de soi. L'amour, intangible, qui les liait. Leur désir de tout mettre en commun et de travailler ensemble. Leur bonheur, paisible et serein. Tout ce dont ils avaient rêvé l'un et l'autre. De plus, le fait de vivre en Californie leur avait grandement facilité les choses. On ne les regardait pas avec réprobation et, d'ailleurs, eux-mêmes n'avaient pas besoin d'afficher leurs sentiments. Ils s'aimaient, cela seul comptait.

Nathalie, qui appréciait beaucoup Dominique, l'avait bien compris.

« Mon deuxième fils », l'appelait-elle avec ce sourire irrésistible qui lui gagnait les cœurs.

L'entente entre sa mère et l'homme qu'il aimait avait été immédiate. À un point tel qu'Antoine s'était interrogé : Nathalie n'avait-elle pas compris depuis longtemps qu'il n'était pas attiré par les femmes ? Tous deux n'avaient pas évoqué ce sujet car, à la limite, cela n'avait guère d'importance.

Il rangea la voiture au pied du perron, prit une longue inspiration avant de descendre. Déjà, Mimosa s'élançait à sa rencontre, les babines retroussées en guise de sourire de bienvenue. Ce chien n'était pas gâté par la nature, se dit-il, amusé, mais il compensait son manque d'attrait par un caractère en or.

Pierre-Éric s'avança à leur rencontre, impassible. Antoine procéda aux présentations sans que son père fasse la moindre remarque.

Il ne se montra pas pour autant particulièrement chaleureux mais il ne fallait pas être trop exigeant, se dit-il.

Ils se donnèrent une brève accolade. Dominique tendit la main à Pierre-Éric, qui la serra.

Jusqu'à présent, tout va bien, pensa Antoine avec une pointe de cynisme.

Son père les invita à le suivre à l'intérieur de la vieille demeure.

Jeanne, rayonnante, s'avança à leur rencontre. Elle serra Antoine contre son cœur, tapota le bras de Dominique.

— Soyez le bienvenu, lui dit-elle. Nathalie m'avait beaucoup parlé de vous.

Le maître de maison fronça les sourcils mais ne broncha pas. Il avait trop besoin de la femme de charge pour entrer en conflit avec elle. Elle entraîna Dominique vers sa chambre, ouvrant sur l'allée et les buissons de roses. Elle lui expliqua ce qu'il savait déjà, que l'Escampelade avait été bâtie au XIXe siècle par un ancêtre navigateur de retour d'Australie. Il avait rapporté des graines d'acacia et des pousses de mimosa-acacia et les avait plantées en grand nombre sur le domaine.

Lors de la première floraison, le bruit se répandit dans les environs que les mimosas constituaient une véritable allée d'or. Par la suite, les voisins d'Auguste Gendron étaient venus le prier de leur vendre des plants de ses fameux arbres. Il en avait tiré une grande fierté.

— Notre mimosa est le plus beau, conclut Jeanne d'un ton sans appel.

Dominique réprima un sourire. La vieille dame lui plaisait.

Le soir, au dîner, la conversation roula sur la situation économique, le mode de vie californien, Thaïs, qui passerait le surlendemain avec ses enfants.

— Il paraît que son mari s'épanouit dans son activité d'éditeur, laissa tomber Pierre-Éric.

Son ton était indéfinissable mais Antoine le connaissait assez pour deviner qu'il ne s'agissait pas d'un compliment. Son père ne pardonnerait jamais à Ludovic d'avoir refusé de devenir mimosiste. Un véritable crime de lèse-Gendron !

Il réprima une envie irrésistible de rire sous cape et se sentit un peu mieux. Comme si, enfin, il commençait à se libérer de l'emprise paternelle.

Jeanne leur avait préparé une salade de mesclun accompagnée d'une terrine de poisson et de sa sauce aïoli. Dominique, normand d'origine, apprécia comme il se devait ses talents de cuisinière, ce qui lui valut d'emblée la sympathie de la gardienne du domaine.

— C'est gentil d'être venu, déclara Pierre-Éric à Antoine alors que tous deux fumaient un cigare dans la bibliothèque.

Dominique, non-fumeur, s'était retiré dans sa chambre, laissant le père et le fils en tête-à-tête.

Il avait changé, se dit Antoine, remarquant le visage plus marqué de Pierre-Éric. Il était persuadé que son existence sans Nathalie à ses côtés avait perdu tout son sens tout en se sachant impuissant à y remédier.

Ils gardèrent un silence prudent durant plusieurs minutes avant que, le premier, Pierre-Éric reprenne la parole.

— Dominique me paraît être quelqu'un de bien, déclara-t-il.

Sidéré, Antoine se mit à tousser, ce qui provoqua une moue amusée chez son père.

— Laisse-moi le droit de changer d'avis de temps à autre, fit-il remarquer.

Et, toujours sous le choc, Antoine eut l'impression d'entendre sa mère lui conseiller : « Laisse faire le temps, mon chéri. Ton père n'est pas buté, ni réactionnaire. Il a seulement un caractère de chien et déteste l'idée qu'on lui impose quoi que ce soit. »

Il fallait répondre, renvoyer la balle, mais il se sentait si stupéfait qu'il en cherchait ses mots. Aussi se contenta-t-il d'opiner du chef et de murmurer :

— Tu as trouvé l'expression juste.

Ce n'était qu'un petit pas en avant mais ce premier pas était des plus importants pour lui. Il venait d'ailleurs de comprendre que Pierre-Éric ne chercherait pas à s'excuser ni à s'expliquer quant à son comportement antérieur.

Il demeurait le maître du jeu, ce qui correspondait parfaitement à son caractère.

— Raconte-moi en quoi consiste ton travail, reprit son père.

Même s'il n'était pas certain de l'intéresser vraiment, Antoine expliqua. Les campagnes de publicité, les projets, la lutte pour conquérir de nouveaux clients, la recherche de l'idée géniale, celle qui ferait mouche à coup sûr, le studio photo, le domaine réservé de Dominique, reconnu comme un véritable artiste, l'héritier de Lartigue et de Doisneau.

Pierre-Éric resta songeur durant plusieurs minutes avant de faire remarquer :

— Finalement, vous êtes plus des artistes que des mercantiles. Exactement comme moi !

Antoine s'en serait amusé avec Thaïs si elle avait entendu ce commentaire.

Il reconnaissait bien là un trait du caractère paternel. Se donner le beau rôle, quelles que soient les circonstances. Nathalie haussait les épaules en esquissant un sourire attendri lorsqu'on le lui faisait remarquer.

« Certains hommes sont restés de grands enfants, confiait-elle alors, et votre père en est l'exemple parfait.

Ne le brusquez pas : il est convaincu de toujours agir pour le mieux ! »

Nathalie riait.

« Il faut lui laisser ses illusions », recommandait-elle.

Son père et lui se trouvaient-ils sur le chemin de la réconciliation ? se demanda-t-il. Il n'osait y croire, de peur d'être une nouvelle fois cruellement déçu.

Quand Pierre-Éric se leva de son fauteuil, annonçant qu'il allait dormir, Antoine l'imita tout en se disant qu'il avait une nouvelle fois laissé passer sa chance d'avoir une discussion plus approfondie. Cependant, pour la première fois depuis longtemps, il se sentait presque compris. Presque…

Il aurait aimé se confier à son compagnon mais, épuisé par le décalage horaire, Dominique dormait déjà.

Antoine s'accouda à la fenêtre de sa chambre ouvrant sur le jardin. La nuit était parfumée à la rose de Damas. Une nuit dans laquelle il croyait voir flotter l'ombre de Nathalie.

Il écrasa du bout du doigt la larme qui roulait sur sa joue. Sa mère était là, tout près, il en avait la certitude.

Le lendemain, Thaïs et ses enfants arrivèrent à l'Escampelade en fin de matinée. Noé, Oscar et Tiphaine se jetèrent au cou de Jeanne, puis à celui de leur grand-père. Ils se montrèrent plus circonspects vis-à-vis de leur oncle et de Dominique mais se déridèrent quand Antoine évoqua les skaters sillonnant le front de mer, l'Embarcadero. Les yeux bleus de Tiphaine, si semblables à ceux de Nathalie, se mirent à briller.

— J'aimerais beaucoup découvrir San Francisco !

— Eh bien, venez tous l'été prochain ! s'entendit lancer Antoine.

Aussitôt après, il se reprocha sa spontanéité. Mais Dominique s'empressa d'appuyer :

— C'est une excellente idée. Notre maison est assez vaste pour vous accueillir et nous pouvons fort bien organiser un dortoir sous les combles. Vous verrez : la vue sur l'océan Pacifique est superbe !

Antoine éprouva une bouffée de reconnaissance à l'égard de son compagnon si intense qu'il en eut les larmes aux yeux. Dominique n'avait plus de famille, ce qui expliquait certainement sa générosité, mais il avait aussi des qualités de cœur indéniables.

Les enfants de Thaïs exprimèrent leur joie avec fougue. Le frère et la sœur échangèrent un regard complice. Tiphaine saisit la main de son grand-père.

— Papi… tu veux bien m'emmener à la forcerie ? J'aimerais comprendre son fonctionnement.

Le silence tomba sur leur petit groupe. Mais, pour la première fois depuis longtemps, ce n'était pas un silence lourd de non-dits. Plutôt un silence fait d'attente et d'espérance.

La première, Thaïs le rompit.

— Maman disait toujours que les solutions surviennent lorsqu'on ne les attend plus, déclara-t-elle d'une voix indéfinissable, comme si elle avait retenu ses larmes.

Ils s'entre-regardèrent.

— Nous trinquerons ce soir, enchaîna Pierre-Éric. Et je ne manquerai pas de vous préparer un « mimosa » exceptionnel.

C'était une tradition à l'Escampelade, jus d'oranges fraîchement pressé, champagne, avec un trait de Grand Marnier et une rondelle d'orange.

— Belle idée ! approuva Antoine.

Il se sentait le cœur plus léger. Pourtant, il savait bien que rien n'était fait. Tiphaine pouvait s'enthousiasmer pour la culture du mimosa sans pour autant prendre la suite de son grand-père. Mais cela n'avait pas vraiment d'importance. Sa simple demande avait fait renaître l'espoir dans le cœur de Pierre-Éric, ce qui lui permettrait de surmonter la disparition de Nathalie.

L'espoir plus fort que tout, pensa-t-il avec émotion. Décidément, Nathalie devait veiller sur eux !

LES ENFANTS DU PÉCHÉ

*Les arbres aux racines profondes
sont ceux qui montent haut.*

Frédéric Mistral

— Tout ira bien, murmura la vieille dame, appuyée sur sa canne.

Si elle répétait cette phrase avec suffisamment de force, elle finirait bien par oublier, songea-t-elle. Cependant, il y avait désormais plus de soixante ans qu'elle essayait de s'en convaincre...

— Manou ! Où te caches-tu ?

La voix d'Hélène, sa petite-fille. Hélène, si jolie, avec son allure dansante, ses longs cheveux bruns attachés en queue-de-cheval, ses yeux bleu foncé.

C'était pour elle, et pour toutes les autres, que Suzanne devait se battre. N'avait-elle pas enduré trop longtemps sa souffrance comme sa honte ?

Le soleil de septembre dorait le sommet du mont Ventoux. La première fois qu'elle était arrivée à Bédoin, Suzanne avait songé que cet endroit l'attendait, qu'elle y trouverait peut-être une raison de vivre. Le bonheur, c'était sûrement déjà trop tard, mais au moins une certaine sérénité. Et son intuition avait été juste. Elle avait fait souche en Provence et y vivait depuis plus de cinquante ans mais ne se sentait pas pour autant totalement de ce pays. À croire qu'elle avait été condamnée à l'exil dès sa naissance...

Elle haussa les épaules. Elle aurait tant préféré tout oublier.

Dommage qu'elle n'y soit jamais parvenue...

Sa petite-fille l'enlaça pour un câlin géant.

— Manou, je t'ai cherchée partout.

Suzanne, d'un geste infiniment tendre, lui caressa la joue.

À cet instant, elle sentit un douloureux pincement au cœur. Sa vie durant, elle avait gardé un unique souvenir. Celui d'une caresse sur la joue, aussi légère que l'effleurement d'une plume, d'une voix douce, un peu voilée, qui chantonnait une berceuse.

Ce souvenir-là, on n'avait pas réussi à le lui retirer.

Une ombre voila son regard. Hélène lui sourit.

— Tu m'accompagnes à Carpentras ?

— Volontiers, acquiesça Suzanne.

Tout au long de sa vie, elle avait cherché à fuir le passé. Ne pas penser. Avancer. Se raccrocher à sa famille. Pourtant, la mort brutale de Philippe, son époux, avait changé la donne. Elle avait alors mesuré qu'elle n'avait plus de temps à perdre. Et qu'il lui fallait se faire entendre. Quel que soit le prix à payer.

C'était si difficile, cependant, de faire le premier pas. En aurait-elle la force ? Autant de questions qui l'obsédaient.

— As-tu lu l'article dans *Au cœur du Ventoux* ? Ils parlent de « l'or rouge » et mentionnent notre entreprise.

Suzanne sourit à sa petite-fille. Sa voix empreinte de fierté l'émouvait.

L'Or Rouge appartenait aux Lagarde depuis près d'un siècle. Le père de Philippe avait créé l'entreprise à la fin des années 1920 et son époux avait toujours refusé de la vendre, bien que certaines périodes aient été particulièrement difficiles.

« Nous, les Lagarde du Ventoux », aimait-il dire, et Suzanne l'enviait presque, alors, parce qu'il n'avait jamais quitté sa terre natale.

Il l'avait partagée avec elle, cette terre à la fois argileuse et calcaire, sur laquelle on cultivait la vigne et l'olivier depuis des siècles, et elle avait aimé apporter sa part à la grande aventure du safran.

Il lui avait expliqué que l'arrivée des papes à Avignon avait introduit la culture du safran dans le Vaucluse. Philippe s'animait dès qu'il évoquait cette culture ancestrale qui avait besoin d'une terre calcaire, d'un terrain drainant, d'hivers froids et d'étés chauds et ensoleillés.

« Le safran a besoin de beaucoup d'amour et de beaucoup, beaucoup de patience », aimait-il à répéter.

Il fallait planter les bulbes, espacés d'une quinzaine de centimètres les uns des autres, en juillet-août, récolter les fleurs en septembre, extraire les stigmates de couleur rouge à la main, les faire sécher et les conserver à l'abri de la lumière dans un endroit sec.

Il lui avait alors expliqué qu'il fallait environ deux cent mille fleurs pour obtenir un seul kilo de safran. Elle en avait été stupéfaite.

Elle-même avait gardé quelques souvenirs de la terre où elle était née. Elle se rappelait le fleuve, si large qu'il lui paraissait infranchissable, la petite maison où elle vivait avec sa mère, les pirogues des pêcheurs.

Des flashs, plutôt, lointains. Elle avait longtemps cherché à retrouver un certain parfum, fait d'un mélange d'épices, en vain. Avec le temps, sa mémoire se faisait capricieuse. Elle la maudissait, se traitait de « pauvre vieille ». C'était plus facile quand Philippe était à ses côtés. Avec lui, elle se sentait plus forte. Aimée. Ce qui lui avait tant manqué durant l'enfance.

Elle secoua la tête, sous le regard intrigué de sa petite-fille.

— Tu as des soucis, Manou ? s'inquiéta celle-ci. Je te trouve… différente, ces derniers temps.

Suzanne soupira. Si seulement, se dit-elle, elle avait pu faire preuve d'indifférence. Mais ce n'était pas le cas.

Cela ne l'avait jamais été, d'ailleurs. Malgré ses efforts, elle était restée une petite fille de cinq ans refusant de croire que sa mère l'avait abandonnée.

Philippe seul connaissait la vérité. Ou, tout au moins, une partie de la vérité. Elle ne s'était jamais résolue à tout lui avouer, c'était encore trop douloureux. Malgré son passé, il l'avait aimée, protégée, au point qu'elle avait pensé avoir presque droit au bonheur. Malgré ce « presque » qui, toujours, pèserait sur elle.

Comme une malédiction.

N'était-elle pas une « enfant du péché » ?

On les appelait ainsi, au couvent, comme pour les stigmatiser, les culpabiliser un peu plus, ou encore des « mulâtres ». C'était sur elles que toute la faute retombait. D'ailleurs, sœur Sainte-Marie-des-Anges le leur rappelait souvent : le terme « mulâtre » venait du mot « mulet », un croisement entre un âne et une jument.

Elles aussi étaient issues d'un croisement improbable. De quoi les conforter dans l'idée qu'elles étaient

« le rebut de la société », comme le leur avait fait remarquer sœur Adrienne, le jour où Juliette, la meilleure amie de Suzanne, avait osé protester contre leurs maigres rations.

« Estime-toi satisfaite d'avoir déjà le vivre et le couvert ! » lui avait lancé la religieuse, furieuse. Et d'ajouter : « Vous n'auriez jamais dû naître ! »

Suzanne en avait pleuré deux jours et trois nuits. Elle souffrait d'horribles cauchemars, dans lesquels elle errait à la recherche de sa mère.

Elles étaient stigmatisées comme « les enfants du péché ». Dormant sur de simples paillasses, vêtues de hardes qui avaient appartenu à d'autres enfants, elles étaient mal nourries et astreintes à des travaux de ménage, d'épluchage et de blanchisserie. Suzanne se rappelait avoir eu les mains brûlées par de la soude caustique. Elle en avait gardé de profondes cicatrices. Quelques jours après leur première rencontre, Philippe avait baisé ses mains avec une tendresse infinie en lui promettant qu'il lui ferait oublier toutes les souffrances du passé. Il avait mis tout en œuvre en ce sens, sans parvenir pour autant à lui faire tourner la page.

La douleur était trop enfouie dans son cœur. Tout l'amour de Philippe avait échoué à la lui faire dépasser.

Cependant, elle aurait pu se dire heureuse à L'Or Rouge avec Philippe et leurs enfants. Si seulement elle avait pu faire abstraction du passé !

Sans Philippe à ses côtés, elle avait compris qu'elle devait se libérer de ses souvenirs. Pour ce faire, le seul moyen était de porter plainte. Mais Suzanne se demandait encore si elle aurait la force d'aller jusqu'au bout.

Il le fallait, pourtant.

*

Le bras arrondi, Hélène avait ajusté son pas sur celui de sa grand-mère. Depuis la mort de son époux, Suzanne lui paraissait être encore plus fragile et elle avait à cœur de la protéger. Elle avait brusquement basculé dans le camp des personnes âgées, ce qui ne lui ressemblait pas. Elle avait eu à cœur, en effet, jusqu'alors, de ne rien laisser voir de ses émotions. On le lui avait appris au couvent, où l'on s'entendait à mater les rebelles. Quoique... « rebelles » fût un bien grand mot. Soumises à de longues journées d'un labeur harassant, Suzanne et ses camarades de misère n'auraient même pas eu l'idée de se révolter. Elles subissaient leur sort.

Plus tard, beaucoup plus tard, Philippe lui avait expliqué que personne n'avait le droit de les traiter ainsi. Son mari avait été son Pygmalion. Il lui avait fait découvrir les grands auteurs de la littérature francophone, ainsi que ses poètes préférés. Grâce à lui, elle avait dévoré l'essentiel des ouvrages de la bibliothèque de la vieille bastide familiale.

La lecture avait permis à Suzanne de surmonter un peu son sentiment d'infériorité, mais il lui suffisait de se trouver parmi des inconnus pour que celui-ci ressurgisse.

Brusquement, Suzanne s'arrêta.

— Promets-moi, déclara-t-elle d'une voix pressante à sa petite-fille.

Et, comme celle-ci la regardait d'un air étonné, la vieille dame précisa :

— Promets-moi de suivre ton chemin, de ne pas te laisser dicter ta conduite ni humilier par quiconque.
— Je te le promets, Manou. Mais… que t'arrive-t-il ?
— C'est une vieille histoire, murmura Suzanne. Mon histoire.

*

Elle se rappelait le choc des couleurs. Le rouge des couchers de soleil, le bleu du ciel, à nul autre pareil, le bleu grisé du fleuve Congo, les différents tons de vert de la végétation luxuriante, le parfum des fleurs dont elle ignorait le nom.

C'était pour elle un pays de cocagne. Son pays.

Elle se rappelait sa mère, bien entendu, dont la peau couleur de caramel luisait doucement. Elle avait hérité de ses yeux bleu foncé, qui attiraient les regards. Lucinda, la négresse aux yeux bleus : c'était ainsi qu'on la nommait. Elle se souvenait de l'homme blanc, grand, si grand qu'il lui donnait le vertige, de son teint clair, de sa moustache blonde. Elle riait à perdre haleine lorsqu'il l'embrassait, parce qu'elle se sentait délicieusement chatouillée. Il la prenait dans ses bras et la hissait sur ses épaules. Elle s'accrochait à ses cheveux drus et, la tête levée vers le ciel, embrassait le monde. C'était une sensation merveilleuse.

Elle savait qu'il était son père, même si cela restait un secret. Mama Lucinda le lui avait expliqué. Père avait une autre vie, loin, de l'autre côté de la mer, dans un pays qui s'appelait la Belgique.

Cela paraissait très compliqué à la petite fille de cinq ans, mais elle faisait semblant de comprendre, parce que c'était ce qu'on attendait d'elle.

Et puis elle était heureuse dans leur maison au bord du fleuve, avec Kourou, son perroquet gris.

Elle avait remarqué les regards inquiets des adultes alors qu'il était déjà trop tard.

Père avait dû repartir pour son pays lointain. Le jour de son départ, il l'avait serrée, fort, contre lui et elle avait cru voir des larmes dans ses yeux. Pourtant, c'était impossible ! Les adultes ne pleuraient pas.

Mama Lucinda, de son côté, avait beau continuer à vivre comme avant, Suzanne remarquait que sa maman était triste. Elle n'était plus la même, d'ailleurs, depuis le départ de son père.

Ensuite, tout était arrivé très vite. Suzanne se rappelait ce matin terrible où elle avait été arrachée à Lucinda. Elle avait eu beau crier, hurler, trépigner, personne ne l'avait écoutée.

Lucinda avait tenté de s'interposer, en vain. Suzanne avait encore en tête le cri horrible de sa mère. Elle avait vécu un arrachement, avait été jetée sans ménagement à l'intérieur d'une camionnette où se trouvaient déjà d'autres jeunes enfants.

Sa vie avait basculé ce jour-là.

Elle se rappelait le choc éprouvé en découvrant le couvent, l'impression que les religieuses effleuraient le sol. Elle se rappelait avoir sangloté sans répit, en réclamant sa maman. Les sœurs manifestaient peu d'empathie. Seule sœur Yvonne, très jeune, toujours le sourire aux lèvres, avait pris Suzanne sous sa protection. Elle lui donnait en cachette des carrés de chocolat, une ration supplémentaire, un fruit… La petite fille avait relevé la tête. Grâce à sœur Yvonne, elle parviendrait peut-être à retrouver Mama Lucinda. Mais les jours avaient passé, puis les semaines, et les mois, sans qu'elle revoie sa maman.

Elle s'était liée d'amitié avec deux autres petites de son âge, Catherine et Lucette, ainsi qu'avec Simone, leur aînée de cinq ans. À elles quatre, elles étaient plus fortes.

Elle se rappelait la nourriture frugale, l'apprentissage de la couture, qui lui avait été utile plus tard, les matinées d'école passées à apprendre à lire et à écrire.

« Nous vous donnons une éducation, bien que vous soyez des enfants du péché ! » tonnait sœur Sainte-Marie-des-Anges, bien mal nommée.

Suzanne et ses amies baissaient la tête. Enfants du péché... La condamnation revenait sans cesse dans la bouche des religieuses, plongeant les enfants dans la culpabilité et les interrogations. Qu'avaient pu commettre de si terrible leurs mamans ? Étaient-elles responsables de leur triste sort ?

Suzanne se rappelait les soirées passées à se chuchoter des secrets. Chacune racontait sa vie d'avant, les jours heureux. Jusqu'à ce que leurs yeux se ferment, d'épuisement et de chagrin.

Cette vie-là aurait duré encore longtemps si les rebelles ne s'étaient pas rapprochés du couvent. Les sœurs chuchotaient entre elles d'un air soucieux, évoquant l'arrivée des miliciens. Pour la première fois, elles paraissaient anxieuses, et cela aurait fait plaisir à Suzanne si elle ne s'était pas inquiétée, elle aussi, pour le sort des pensionnaires.

Simone, mieux informée, leur avait raconté que leur pays natal, le Congo, venait d'obtenir son indépendance. Cependant, des dissensions se faisaient jour entre les différents partis en présence, au point que des militaires sécessionnistes se livraient à des actes de violence envers les Européens.

Les petites avaient peur, elles aussi.

De plus, elles se doutaient que les soldats, s'ils investissaient le couvent, ne prendraient pas la peine de ramener les enfants métis à leurs mères.

Comment, d'ailleurs, les retrouveraient-ils ? Suzanne se rappelait avoir voyagé durant deux jours et deux nuits dans un camion. Elle ne connaissait pas le nom de famille de Lucinda ni celui du village où elle avait passé ses premières années. Pas plus que celui de son père, d'ailleurs.

Elle était seule au monde. Ou, plutôt, ses amies et elle étaient seules au monde.

Elles en eurent la confirmation quand les religieuses rassemblèrent leurs bagages pour s'enfuir à destination de la Belgique. Une agitation fiévreuse avait remplacé la sérénité régnant d'ordinaire au couvent. Sœur Sainte-Marie-des-Anges elle-même courait partout en tous sens en invoquant les saints du paradis. À tout autre moment, Suzanne en aurait ri, mais elle était trop paniquée pour esquisser ne fût-ce qu'un sourire.

Elle avait peu de choses à préparer : une robe et des sous-vêtements de rechange ainsi qu'un livre offert par sœur Yvonne racontant l'histoire d'un petit chat bleu abandonné de tous. C'était le premier livre que Suzanne avait réussi à lire seule et elle y tenait énormément.

Sœur Yvonne fut la seule à fondre en larmes quand la supérieure annonça qu'il n'y avait pas de place pour les enfants du couvent dans l'avion qui rapatriait les membres de la congrégation en Belgique.

Tout se déroula très vite. Sœur Sainte-Marie-des-Anges conseilla aux enfants de retourner dans leur famille… comme si cela avait été possible ! Et les religieuses grimpèrent dans l'avion.

Les enfants, terrorisés, les regardèrent jusqu'au moment où le Douglas DC-6 décolla.

Simone se tourna alors vers ses amies.

— Vite, les filles ! On file dans la forêt.

Suzanne se rappelait leur course éperdue, les coups de feu dans le lointain, les hurlements de terreur. Les fillettes avaient couru à perdre haleine avant de s'effondrer sous un arbre immense, aux branches basses.

Toujours sous l'impulsion de Simone, elles avaient effacé leurs traces à l'aide d'un bâton avant de grimper dans l'arbre. Lucette tremblait si fort qu'elle manqua tomber à plusieurs reprises. Au crépuscule, Simone redescendit. Elle « voulait voir », car elles avaient entendu dans le lointain des crépitations d'armes, puis des détonations sporadiques.

Elle leur promit de revenir. Elles avaient conscience d'être perdues sans leur aînée. Catherine se mit à pleurer. De grosses larmes silencieuses roulaient sur ses joues. Suzanne et Lucette l'entourèrent, et Simone en profita pour s'esquiver.

Le temps parut alors extrêmement long aux fillettes. La peur le disputait à la rancœur. Pourquoi les sœurs les avaient-elles abandonnées ? Qu'allaient-elles devenir ? On avait souvent évoqué devant elles, ces derniers temps, les miliciens sans foi ni loi qui désiraient chasser du Congo aussi bien les colons belges que les religieuses. On chuchotait qu'il valait mieux mourir que de tomber entre leurs mains.

À dix ans, Suzanne ne se rendait pas compte de ce qui pouvait leur arriver, mais elle éprouvait une peur panique à l'idée de se retrouver prisonnière de ces monstres.

L'abandon des sœurs était pour elle une deuxième trahison.

Simone les rejoignit seulement au petit matin. Elle était blême et un léger tremblement soulevait sa lèvre supérieure.

« Il faut partir, leur annonça-t-elle. Fuir plus loin, dans la forêt. »

Elle opposa un mutisme résolu à leurs questions pressantes.

Elle ne dirait rien, c'était trop grave, mais elles devaient partir. Loin, très loin. Plus tard, Suzanne avait entendu parler des massacres perpétrés par les rebelles et des enfants sauvagement assassinés.

Simone n'était plus là pour lui en parler, les quatre amies ayant été séparées à leur arrivée en Belgique, mais elle se souvenait de la pâleur de l'adolescente et avait compris.

Suzanne se rappelait leur errance dans la forêt, jusqu'à ce qu'elles croisent un groupe de femmes qui fuyaient les rebelles. Elles s'étaient jointes à elles, et toutes avaient fini par atteindre un poste-frontière, où on leur avait offert le vivre et le couvert. Suzanne n'oublierait jamais le chaleureux accueil qui leur avait été prodigué ni le réconfort apporté par l'épouse d'un pasteur.

Celle-ci s'était démenée pour que les quatre amies s'envolent vers la Belgique en sa compagnie. Elle s'appelait Trudi et avait entouré les jeunes rescapées d'attentions et de réconfort. Elles ne se rappelaient pas avoir dormi dans un vrai lit ni même avoir pu prendre un bain ailleurs que dans la rivière depuis des années.

Suzanne se rappelait la douceur de Trudi et aurait souhaité demeurer toujours à ses côtés. C'était impossible, lui avait-elle expliqué, car ils avaient une minuscule maison en Belgique, et le pasteur comptait sur son épouse pour organiser les activités paroissiales.

Peu de temps après leur arrivée à Bruxelles, Suzanne avait été placée en apprentissage dans un atelier de couture. Elle s'y était plu, parce qu'elle aimait travailler les tissus comme le velours ou le satin, mais elle n'était pas parvenue à se lier avec les autres ouvrières. De trop nombreuses différences les séparaient, elles n'avaient rien en commun. De plus, elle ne parvenait pas à oublier le passé. Sa mère lui manquait toujours autant, une brèche ouverte dans son cœur. Elle cherchait encore le cadre de son enfance, les couleurs franches, presque brutales, la largeur du fleuve, la douceur de Mama Lucinda.

Elle se sentait doublement en exil. Physiquement et moralement. Lorsqu'elle croisait son reflet dans un miroir, elle hésitait à se reconnaître.

Elle avait les yeux de sa mère, bleu foncé, sa haute taille, mais ses longs cheveux noirs n'étaient pas crépus et sa peau était claire. Elle en tirait une certaine fierté, se disant que c'était une conséquence de son métissage, pour se reprocher aussitôt après cette réaction. N'aurait-on pas dit qu'elle avait honte de Mama Lucinda ? Or, c'était tout le contraire !

Sa vie ne serait pas assez longue pour rechercher la trace de sa mère même si elle ne s'illusionnait pas sur les difficultés qu'elle rencontrerait. Elle vivait désormais sur un autre continent et, lorsqu'elle avait été enlevée avec ses camarades d'infortune, leur nom leur avait été retiré, pour mieux brouiller les traces. Chaque fois qu'elle y songeait – c'est-à-dire plusieurs fois par jour –, elle éprouvait un sentiment d'écœurement si intense qu'un goût de bile lui montait aux lèvres. Comment avait-on pu leur infliger pareil traitement ? Et, surtout, pourquoi ? Leur seul tort avait été de naître métisses.

Elle revoyait Lucette et Catherine à intervalles réguliers. Toutes trois ayant été placées à Bruxelles, elles étaient restées en contact et se retrouvaient dans un café rue du Marché-aux-Herbes, tout près de la Grand-Place. La patronne, qui avait vécu une dizaine d'années à Kinshasa, les avait prises sous son aile et leur servait le plat du jour pour un prix minime.

Elles s'inquiétaient de Simone, dont elles n'avaient plus de nouvelles. Leur chère Trudi avait fini par leur écrire une missive empreinte de tristesse et, en même temps, voulait garder espoir. Simone avait mis fin à ses jours. Trudi et son époux avaient appris la vérité après avoir longuement réclamé des explications auprès du foyer qui hébergeait la jeune fille.

Suzanne avait eu alors l'impression de plonger dans un gouffre sans fond. Simone était leur mère de substitution, toujours prompte à les câliner ou à leur remonter le moral. Sans elle, elles n'auraient pas survécu à l'attaque du couvent.

Cependant, parce que Simone avait été le témoin d'atrocités trop nombreuses, elle n'avait pu le supporter.

Trudi, encore sous le choc, était venue voir Suzanne au foyer où elle résidait. Elle avait serré la jeune fille dans ses bras et lui avait demandé pardon, au nom de son pays. Ce jour-là, Suzanne n'avait pas vraiment réalisé. Comment Trudi, toujours prête à les aider, pouvait-elle se considérer comme étant en partie responsable du suicide de Simone ? Cependant, par la suite, elle avait compris que c'était le système tout entier – colonisation, accords d'indépendance, abandon des métis – qui avait provoqué la mort de Simone. Et de combien d'autres, d'ailleurs, dont elles ignoreraient toujours tout ?

Les trois amies s'étaient retrouvées le dimanche suivant et avaient pleuré leur aînée.

Ce jour-là, pour la première fois, Suzanne avait émis l'idée qu'il faudrait réclamer des comptes.

À qui ? À l'État belge, qu'on leur avait toujours présenté comme leur « papa » ? À la reine, qui était leur marraine ? Cela paraissait complètement fou !

Aussi les jeunes filles avaient-elles gardé leur chagrin pour elles.

N'en allait-il pas ainsi depuis leurs premières années ? Elles devaient subir et accepter leur sort. Pas question pour elles de se révolter. On leur avait enseigné l'obéissance dès leur entrée au couvent.

Parfois, lorsqu'elle regardait en arrière, Suzanne éprouvait une sensation de vertige. Était-ce bien elle qui avait quitté son pays natal, traversé la mer, pour se retrouver seule dans un atelier mal chauffé ?

Cent fois, elle avait supplié pour qu'on fît des recherches au sujet de son père, en vain.

On lui répétait toujours la même rengaine, à savoir que les hommes blancs n'avaient pas épousé leurs compagnes congolaises, que les enfants nés de ces liaisons étaient des bâtards dépourvus de tout droit. Les enfants du péché…

Un soir, Catherine avait résumé leur situation.

« À les croire, nos mères ne seraient ni plus ni moins que des prostituées ! Je refuse de leur faire confiance ! Ce sont eux qui sont coupables de nous avoir arrachées à nos mamans. Personne d'autre. »

Elles refaisaient le monde, en imaginant que les cartes auraient été rebattues, qu'elles auraient connu un autre destin. Elles échangeaient aussi leurs souvenirs d'avant, pour les sauvegarder de l'oubli.

Leurs mères leur manquaient toujours aussi cruellement. C'étaient elles qui les avaient élevées alors que leurs pères étaient restés des ombres fantomatiques. Suzanne se rappelait leurs rêves : elles retourneraient au Congo, retrouveraient leur famille maternelle. Elles refusaient d'imaginer que leur statut de métisses serait tout aussi difficile à vivre sur le continent africain.

La vie s'était chargée de les séparer. Suzanne était partie la première. Elle avait croisé le chemin de Philippe en visitant les serres de Laeken. Elle se rendait souvent à la serre du Congo, si élégante avec son allure byzantine. Elle y admirait les palmiers, les caoutchoucs et les fougères luxuriantes, à la recherche de ses souvenirs d'enfance.

Philippe l'avait abordée en lui faisant remarquer qu'elle venait de perdre son porte-monnaie.

Les joues de Suzanne s'étaient empourprées. Ils avaient parlé de fleurs, et aussi du froid qui régnait ce jour-là à Bruxelles. Philippe venait de la Provence. Il avait rendu visite à un vieil oncle qui avait besoin de son aide avant de mettre ses biens en vente et d'aller s'installer sur la Côte d'Azur.

À la fin de l'après-midi, passé à deviser, Philippe avait déclaré à Suzanne : « Vous et moi sommes destinés l'un à l'autre. »

Ils s'étaient mariés six mois plus tard dans l'église romane de Saint-Nicolas de Bruxelles et Suzanne n'était jamais retournée en Belgique.

Elle s'était confiée à son époux au fil des années, sans parvenir à tout lui raconter. Certains souvenirs étaient impossibles à exprimer, tout comme certains qualificatifs. Blessée à vie par les mots « bâtarde » ou « enfant du péché », elle en porterait à jamais les cicatrices.

Elle avait eu de la peine à s'accoutumer à l'idée même du bonheur. Certaines nuits, elle se réveillait paniquée, en proie à d'horribles cauchemars.

Suzanne savait qu'elle ne surmonterait jamais le passé, mais elle était décidée à tout mettre en œuvre pour que son couple soit heureux.

La naissance de Lucas, puis d'Amélia, leurs enfants, lui avait procuré un sentiment de stabilité tout en l'angoissant. Serait-elle une bonne mère ? Ne risquait-elle pas de perdre ses enfants, elle aussi, comme Mama Lucinda ?

L'amour et la confiance de Philippe lui avaient permis de dépasser ses craintes, sans qu'elle réussisse pour autant à s'en détacher totalement.

L'enlèvement à sa mère, les souffrances vécues au couvent, l'abandon infligé par les religieuses avaient fait d'elle une handicapée du bonheur. Elle avait beau se révolter contre cet état de fait, c'était ainsi et elle n'y pourrait rien changer.

Elle avait fait souche dans le Comtat Venaissin, plongeant profondément dans la terre du Ventoux ses racines métissées. Elle avait pensé y être chez elle, même si, les premiers temps, elle avait senti comme une défiance à son égard. À moins… à moins qu'elle ne l'ait imaginée ? Comment savoir ? Marquée par son enfance, Suzanne avait beaucoup de peine à accorder sa confiance. Elle partait du principe que tout pouvait s'arrêter d'un instant à l'autre. Exactement ce qu'elle avait vécu, à cinq ans…

Pour cette raison, elle avait eu peur de s'attacher à ses enfants. Jusqu'au jour où Lucas avait été victime d'un accident et s'était brisé la jambe. Ce jour-là, elle avait cru mourir d'angoisse et s'était juré de ne plus mettre ses sentiments sous le boisseau. Elle aimait Philippe, elle aimait plus encore leurs enfants, et se sacrifier ne rimait à rien. Ils n'étaient pas responsables de la tragédie qu'elle avait vécue.

Suzanne n'était jamais retournée au Congo. Les premières années, c'était impossible avec les enfants et les charges de leur exploitation. Par la suite, la confrontation avec ses souvenirs avait fait naître en elle un sentiment de panique. Le pays avait changé, trop d'années avaient passé, elle pressentait qu'elle n'y retrouverait aucun point de repère. Le temps avait filé, elle ne voyait plus l'intérêt de se lancer à la recherche de sa mère alors que celle-ci était certainement déjà morte.

Au fond d'elle-même, Suzanne avait peur. Sa vie, comme celle de milliers d'enfants, avait été gâchée et il était trop tard pour y remédier.

Pourtant, elle avait le sentiment que c'était trop facile. À la limite, rien n'empêchait d'autres pays, d'autres dirigeants, de commettre le même genre d'exactions.

Suzanne, qui s'intéressait toujours à son pays d'origine, savait que l'Afrique, et particulièrement la République démocratique du Congo, était le sinistre théâtre du viol comme arme de guerre.

Rien n'avait changé. Les femmes et les enfants étaient toujours les victimes de pratiques innommables, intolérables.

Pour cette raison, elle s'interrogeait. N'avait-elle pas déjà trop tardé ? N'était-il pas plus que temps de raconter ce qu'elle avait vécu, de témoigner ?

Suzanne tapota la main de sa petite-fille.

— Je viens de te résumer l'histoire de ma vie, ma chérie. Il fallait que tu saches. J'ai trop longtemps éprouvé de la honte...

— Mais tu n'es coupable de rien ! protesta la jeune fille. Bien au contraire, tes amies et toi êtes les victimes d'un comportement inique, barbare !

— Mes amies... murmura Suzanne d'une voix rêveuse.

Elles avaient maintenu le contact entre elles, parfois avec de longues interruptions, dues à leur vie familiale ou à leur métier. Catherine résidait toujours en Belgique. Elle était mariée à un commerçant et avait passé sa vie derrière le comptoir de leur épicerie. Lucette s'occupait de personnes âgées depuis des lustres. Elle vivait dans le Cantal, où elle avait créé une structure d'accueil familial. Chacune de ses lettres était porteuse d'espoir même si, de temps à autre, affleurait dans son courrier une allusion au passé. Elle n'avait rien oublié, elle non plus.

Brusquement, Suzanne sut ce qu'elle devait faire. Cette immersion dans ses souvenirs et le besoin qu'elle avait eu de se raconter à Hélène lui avaient fait comprendre qu'elle devait agir.

À soixante-treize ans, il était plus que temps ! se dit-elle avec une pointe d'humour.

Philippe aurait aimé qu'elle le fasse et aurait été le premier à la soutenir.

Elle-même avait besoin de le faire. Pour tenter de surmonter le passé.

— Tu comprends, ma chérie, reprit-elle à l'intention d'Hélène, je ne peux pas transmettre, à toi et à ton frère, cette histoire, ce secret qui pèse si lourd sur mes épaules.

— Je suis si fière de toi, Manou, souffla Hélène.

Les confidences de sa grand-mère l'avaient bouleversée et révoltée.

— Tu ne dois pas agir seule, poursuivit-elle. Tes amies et toi devez vous épauler. Que veux-tu faire au juste, d'ailleurs ?

Cette fois, Suzanne n'hésita pas.

— Porter une action en justice pour faire reconnaître les dommages que nous avons subis, répondit-elle. J'y ai bien réfléchi, c'est le seul moyen.

— Nous sommes avec toi, lui assura sa petite-fille.

Suzanne sourit.

— J'y compte bien !

Elle avait eu le bonheur et la chance de pouvoir élever ses enfants, ce que Lucinda n'avait pas pu faire. Elle ne retrouverait jamais son père, mais elle s'y était résignée. En revanche, elle ne pardonnerait jamais le désespoir de l'enfant de cinq ans ni celui de sa mère.

Jamais plus... pensa-t-elle, en contemplant le sommet du mont Ventoux, immuable.

UNE NOUVELLE VIE

> *Le secret du changement, c'est de concentrer toute son énergie non pas à lutter contre le passé, mais à construire l'avenir.*
>
> Socrate

2017

Il fallait qu'elle tienne. C'était pour elle une question de survie, d'abord morale.

Ne pas abdiquer.

Agir comme si de rien n'était.

Pour tenter d'oublier.

Elle savait bien, pourtant, que c'était impossible.

La nuit, elle se réveillait, toujours à la même heure. Elle savait aussi qu'il ne s'agissait pas d'un hasard.

C'était comme si son cerveau avait été programmé pour perdre le sommeil à compter de vingt-deux heures quarante-cinq. Quand elle avait côtoyé l'indicible. Ensuite, elle avait beau se tourner et se retourner, impossible de se rendormir. Elle lisait, alors, jusqu'à ce que ses yeux papillonnent et qu'elle éteigne enfin. Le matin, elle éprouvait de plus en plus de difficultés à se réveiller à six heures trente. Il le fallait, pourtant. Elle n'osait imaginer quelle serait la réaction de son chef de service si elle arrivait en retard au travail.

« Amandine ! rugirait-il. Pensez-vous être payée à ne rien faire ? »

Dans ces moments-là, son amie Clarisse lui dédiait un clin d'œil complice et elle devait se mordre les joues pour ne pas éclater de rire.

Elle avait aimé son travail les premiers temps mais le cœur n'y était plus, d'autant moins qu'au fil des restructurations le climat s'était tendu.

Elle avait trop de souvenirs.

Des souvenirs qu'elle refusait de toutes ses forces.

Elle se leva, s'attirant un miaulement réprobateur de Batman, son Maine Coon.

Elle lui caressa le flanc, et il lui offrit son ventre ivoire en ronronnant.

Elle embrassa le sommet de sa tête.

— Je ne sais pas ce que je ferais sans toi, mon tout beau, lui dit-elle.

Il coula vers elle un regard d'or.

C'était Florian qui lui avait offert Batman, cinq ans auparavant, parce qu'elle avait toujours rêvé d'avoir un Maine Coon, ces chats à la taille impressionnante, à poil mi-long, à la queue en panache, issus à l'origine d'un croisement avec le serval, un félin sauvage.

Batman lui était d'autant plus précieux.

Elle procéda à la routine quotidienne. Longue douche tiède, thé aux fruits rouges, céréales, grappe de raisin, tandis que Batman continuait de l'observer. Elle s'entendait encore affirmer à Florian : « Regarde-le ! Je te jure qu'il m'a souri ! »

Florian refusait de la croire, naturellement. Il tolérait Batman, sans toutefois cacher qu'il préférait les chiens aux chats, et de loin.

Ils avaient projeté d'acquérir une maison avec un jardin. Ils auraient alors un chien, un Leonberg, pour Florian.

Batman avait suffisamment de caractère pour s'imposer, même face à un Leonberg.

Florian et elle en riaient.

Elle crispa les mâchoires. Ne pas évoquer le passé. Faire semblant, même si elle ne savait pas tricher.

Elle se pencha pour caresser son chat et claqua la porte derrière elle.

La vie continuait. Même si elle en avait perdu le goût.

*

Elle aurait aimé se rendre au musée Matisse, admirer une nouvelle fois la façade rouge-ocre aux volets vert pâle, se promener dans les jardins de Cimiez, plutôt que d'effectuer de la saisie en masse et de la scannérisation de documents.

Elle avait besoin de sérénité et de calme, tout en redoutant de se retrouver seule avec ses pensées. Paradoxalement, elle avait fui ses proches et amis. Elle avait l'impression de ne plus pouvoir supporter la vie d'avant. Ce n'était même plus une impression, d'ailleurs, mais bel et bien une certitude. Comme si elle avait franchi un point de non-retour.

La nuit, elle se réveillait en sursaut, le cœur battant à se rompre. Elle entendait les hurlements, les gémissements, puis ce silence, plus horrible que tout le reste, avant que le sinistre ballet des ambulances et des véhicules de police ne reprenne, dans un brouhaha d'ordres jetés, d'avertisseurs, à la lueur obsédante des gyrophares.

Elle s'entendait elle-même hurler, jusqu'à ce que sa voix se brise et que sa gorge soit douloureuse.

Elle voyait les corps gisant sur le bitume, le sang qui s'écoulait de façon inexorable, et elle avait l'impression atroce de vivre un cauchemar éveillé.

C'était désormais son quotidien, pratiquement chaque nuit.

Soucieuse d'échapper à ces pensées délétères, elle se plongea dans l'étude des documents à traiter. Cette tâche était dépourvue d'intérêt, se dit-elle, déprimée à l'avance.

Elle aurait volontiers donné sa démission si elle n'avait pas redouté de ne pouvoir s'en sortir, financièrement parlant.

C'était plus raisonnable de continuer à travailler, d'autant plus qu'elle ignorait de quoi demain serait fait. Elle avait eu beaucoup de chance de se sortir du drame pratiquement indemne, tout le monde le lui répétait. Cependant, elle ne pouvait s'empêcher de penser qu'elle finirait par être frappée d'un effet boomerang. Il ne pouvait en aller autrement.

Florian ne comprenait pas. Il en était incapable, elle le concevait, tout en souffrant de la distance qui s'était établie entre eux.

Parce que leur appartement était situé au troisième étage d'un immeuble sans ascenseur, Florian avait réintégré le domicile parental, une maison de plain-pied à Saint-Laurent-du-Var. Cette situation n'aidait pas à leur rapprochement, bien au contraire.

Ils avaient abandonné leur rêve d'acquérir une maison.

« Ce n'est plus d'actualité », avait tranché Florian, et elle se demandait encore s'il avait voulu parler de cette maison ou plutôt de leur couple.

Elle avait fini par penser que, de toute manière, cela n'avait plus grande importance. Et cette certitude lui déchirait le cœur.

*

« J'ai tout de suite pensé à vous. »

À vous, et pas seulement à toi...

L'index de Clarisse, manucuré et coloré d'un bleu turquoise fascinant, se posa sur l'écran de son téléphone portable.

— Regarde !

Elle esquissa un sourire en lisant : « Vends bébés Leonberg. Sevrés, pucés, tatoués. »

Suivait l'adresse à Vence.

Cependant, le visage de la jeune femme se rembrunit.

— C'est trop tard, murmura-t-elle. Florian n'a plus de rêves.

Clarisse secoua la tête.

— Ça vaut le coup d'essayer, tu ne crois pas ? Qu'est-ce que tu as à perdre ?

— Une somme conséquente !

Les deux amies éclatèrent de rire en même temps.

— C'est trop bon, s'étonna Amandine au bout d'un petit moment.

Il lui semblait avoir perdu jusqu'au besoin de rire.

*

— Quelle idée, vraiment ! s'énerva Amandine, pestant une nouvelle fois contre Clarisse et sa propre sottise.

Le chiot qu'elle venait de promener durant une heure sur les Hauts de Cimiez avait attendu leur retour à l'appartement pour se soulager sur le tapis du salon.

Réprimant un immense soupir, elle nettoya les dégâts après avoir grondé le chiot. Visiblement peu concerné, Robin s'ébroua et posa sa grosse patte sur le bras de sa maîtresse. Désarmée, elle lui caressa la tête. À quatre mois, Robin avait déjà une taille imposante. Avec son pelage fauve ondulé, sa tête couverte d'un masque noir et ses yeux noisette si expressifs, il constituait un spécimen quasi parfait de Leonberg, ces molosses natifs du Bade-Wurtemberg qui faisaient fantasmer Florian depuis des années.

Pourtant, face à Robin, il était resté indifférent, plongeant Amandine dans le désarroi.

Sa mère, de son côté, avait poussé les hauts cris en découvrant le chiot.

« C'est un monstre ! À quoi as-tu pensé, Amandine ? Ce molosse ne rentrera pas chez moi ! »

En fait de molosse, si l'on exceptait sa réticence à acquérir la propreté, Robin n'avait pas causé de dégâts dans l'appartement. Il jouait les pots de colle avec sa maîtresse, acceptait le harnais et la laisse sans rechigner et faisait ses nuits... du moment qu'Amandine partageait son lit avec lui !

Clarisse ne lui résistait pas et jouait volontiers les dog-sitters. Sa présence rassurait Amandine qui redoutait toujours quelque drame.

« Le risque zéro n'existe pas », lui répétait son psychiatre. Elle avait fini par mettre fin à ces séances, qui ne lui apportaient rien.

Son acupuncteur, à l'écoute, lui était d'un plus grand secours. À chaque rendez-vous, elle lui disait avec un grand sourire : « Je vide mon sac ! » Mais elle ne parvenait pas à lui confier ses pensées intimes tout comme ses angoisses secrètes.

Heureusement, elle avait Clarisse, et Manette, sa grand-mère, depuis toujours sa plus fidèle confidente.

À quatre-vingts ans, la vieille dame pilotait sa Mini jaune et noir sans trop se soucier du Code de la route, ce qui l'obligeait régulièrement à suivre des stages afin de rattraper des points. Mais, incorrigible, elle partait du principe qu'elle était « engagée » et donc dans son bon droit.

La mère de Florian, qui était montée une fois dans sa voiture, affirmait qu'elle était un vrai danger public, ce qui faisait beaucoup rire Manette.

Elle avait participé à des rallyes jusqu'à ses soixante ans, vendu dix ans auparavant sa librairie d'Antibes et consacrait désormais sa retraite au club de bridge et à la danse de salon tout en s'évadant deux fois par an pour une croisière.

Manette – Hortense de son prénom – était un personnage et en jouait. Elle avait élevé Amandine après le décès accidentel de ses parents vingt ans auparavant, et su constituer un point d'ancrage pour l'adolescente de treize ans.

Cependant, même si Manette avait du caractère, Amandine n'avait pas envie de lui faire porter le poids de son chagrin.

Pourquoi Florian restait-il aussi lointain ? Cela ne lui ressemblait guère mais, de toute manière, depuis le drame, ils avaient tous profondément changé.

Elle la première. Parfois, elle ne se reconnaissait plus et, saisie d'angoisse, se demandait qui était la véritable Amandine.

Elle jeta un coup d'œil dépité à son écran d'ordinateur. Ses tâches la lassaient déjà.

Si seulement elle avait eu le courage de démissionner ! Mais elle avait des charges, le loyer de son appartement, le crédit de sa voiture. Et Florian. Elle caressait toujours l'espoir qu'ils finiraient par s'installer ensemble.

Même si elle y croyait de moins en moins.

*

« Vous me donnerez régulièrement des nouvelles de Robin », avait fait promettre Laura à Amandine.

Propriétaire d'Ophélie, une femelle Leonberg de quatre ans, elle l'avait fait saillir par un étalon réputé, Pablo. Laura avait gardé une femelle de la portée de quatre chiots et mis en vente les trois autres. C'était ainsi que Robin et Amandine étaient tombés sous le charme l'un de l'autre.

Depuis deux mois, Amandine envoyait des messages à Laura pour la tenir informée des progrès de Robin. Elle devait aussi lui amener son chien pour qu'elle constate de visu comme il avait grandi. Pour ce faire, il lui faudrait quitter le cocon douillet de son appartement, et se rendre à Vence. Une expédition pour elle qui sortait de moins en moins.

Elle souffrait encore d'attaques de panique, même si la présence de Robin lui faisait du bien. Grâce à lui, elle se sentait plus forte et parvenait à sortir de son appartement pour ses promenades quotidiennes. Ou, tout au moins, tentait de s'en persuader. Si seulement Florian avait accepté son soutien !

Elle se disait de plus en plus souvent que le meurtrier n'avait pas seulement détruit des dizaines d'existences. Il avait aussi cassé l'espoir.

Elle tendit la main, caressa la tête de Robin. Le chiot semblait lui sourire. Batman, jaloux, traversa le salon, la queue haut levée, incarnation parfaite de la réprobation.

— Viens, mon chat, l'appela Amandine.

Ses deux « bestioles » lovées contre elle, elle se sentait presque en sécurité.

Presque.

*

— Quand je vois votre cadre de vie, je me dis que vous avez eu raison de vivre à la campagne, remarqua Amandine.

Le jardin de son hôtesse dominait Vence, ses toits de tuiles d'un délicat ton rosé, la ville médiévale ceinte de remparts, le bulbe coloré de la chapelle des Pénitents Blancs.

D'un promontoire, on apercevait un coin de Méditerranée. Des oliviers au feuillage argenté, une tonnelle ombragée d'une glycine, des buissons de roses échevelées composaient un cadre bucolique qui suscitait le désir de poser ses bagages.

Laura sourit à sa visiteuse.

— Ce fut un choix de vie. J'étouffais en ville, je ne pouvais plus supporter le bruit, la pollution, la galère pour stationner… J'ai la chance de pouvoir pratiquer le télétravail. Je n'avais donc pas à hésiter.

Amandine hocha la tête.

— Je vous comprends.

Qu'est-ce qui la retenait encore à Nice, hormis son travail ? pensa-t-elle. Elle commençait à admettre que Florian ne redeviendrait jamais l'homme qu'elle avait connu, passionné de tennis et de courses en montagne. Cette certitude lui brisait le cœur, mais elle avait tout mis en œuvre pour le tirer de son apathie. Elle ne le reconnaissait plus. Comment s'en étonner ? Ils avaient traversé l'enfer.

— Robin est superbe, reprit Laura. On sent que vous formez un joli duo.

Amandine opina du chef.

— En effet. De plus, j'ai de la chance : il s'entend bien avec Batman, mon chat. Le premier jour, celui-ci a fait la misère au pauvre Robin. Il feulait, crachait, un véritable numéro d'intimidation. Mais, finalement, au bout de plusieurs jours, Batman l'a toléré. À présent, ils s'entendent comme larrons en foire pour commettre des méfaits !

Laura s'esclaffa de bon cœur.

— Je pense que leur imagination n'a guère de limites !

— Exactement. L'autre jour, Robin a voulu imiter Batman qui sautait en haut de la bibliothèque. Résultat : il a atterri lourdement sur la table basse et brisé une lampe Tiffany à laquelle je tenais. J'ai fini par mettre mes bibelots sous clé !

— Cela devrait s'arranger d'ici quelques mois. Et ce serait encore mieux si vous possédiez un jardin.

— J'en ai l'impression, oui.

L'idée commençait à faire son chemin en elle. Partir. Quitter la ville où elle était née pour fuir trop de mauvais souvenirs.

Cependant, elle ne parvenait pas à se décider. Pour aller où, d'ailleurs ?

Elle avait le sentiment de tourner en rond. Et, surtout, elle ne se résolvait pas à l'idée d'abandonner Florian. Car il vivrait forcément son départ comme un abandon.

Mais qu'est-ce qui les unissait encore ? Elle ne savait plus où elle en était et n'était pas certaine de désirer approfondir la question.

Elle adressa un sourire teinté de mélancolie à Laura.

— Oui, un jardin nous ferait du bien, déclara-t-elle, songeuse.

*

Cette nuit-là, elle revit tout avec une précision affolante. Le bruit, les hurlements, le sang, partout, l'odeur de la peur, la terreur, la certitude qu'elle allait mourir, là, sur-le-champ, et cette peur atroce qui lui serrait le ventre, parce que, dans la panique, Florian et elle se retrouvaient séparés. Où était-il ? Était-il seulement encore en vie ? Et puis il y avait eu une bousculade et, les jambes coupées, elle s'était effondrée sur le bitume.

Plus tard, on lui avait expliqué que sa tête avait heurté la bordure du trottoir et qu'elle s'était évanouie. Elle avait entendu le mot « commotion », mais quelle importance ? Elle n'avait qu'une préoccupation : retrouver Florian.

Incapable de se rendormir, elle se leva, alla boire un verre d'eau et s'installa sur le canapé, Batman sur les genoux. Robin n'avait rien entendu.

Sacré chien de garde ! pensa-t-elle en riant.

Dormirait-elle mieux ailleurs ? Devait-elle quitter Nice ? Pour aller où ?

Elle refusait de s'installer chez sa grand-mère, leurs modes de vie étaient trop différents et, de plus, Amandine ne supportait pas l'idée d'imposer ses angoisses à la vieille dame.

Était-ce le moment de changer de vie ? Pour quoi faire ?

Toutes ces questions tourbillonnaient dans sa tête. Cependant, elles avaient toutes le même point d'achoppement : Florian. Sans lui à ses côtés, elle se sentait perdue.

*

Florian somnolait devant le poste de télévision. C'était devenu une sorte de cercle vicieux : il n'avait plus le désir de se battre parce qu'il ne supportait pas sa condition. Paraplégique à trente-cinq ans, alors qu'il avait toujours pratiqué aussi bien l'escalade que le tennis. Malgré les efforts d'Amandine, il ne parvenait pas à trouver en lui-même les ressources nécessaires pour « rebondir », comme disait sa mère. Il regrettait d'ailleurs d'être retourné vivre chez ses parents mais, sur le moment, il n'avait pas eu d'autre solution.

Leur appartement situé au troisième étage sans ascenseur lui était désormais inaccessible.

Amandine n'avait pas compris. Elle se berçait encore d'illusions. Blessée dans son cœur, mais non dans son corps, elle ne pouvait se mettre à sa place. Le tueur de la promenade des Anglais avait brisé tous les rêves de Florian.

La main posée sur son épaule le fit tressaillir. Il se redressa, cligna des yeux. Son ami Régis, planté devant lui, lui fit un sourire moqueur.

— Tu ne vas tout de même pas faire la sieste comme un petit vieux ! se récria-t-il. Moi qui étais justement venu pour t'emmener au tennis.

Le regard de Florian s'assombrit.

— Je n'ai pas besoin que tu me rappelles mon statut d'homme-tronc ! jeta-t-il, amer.

Régis secoua la tête.

— Et voilà ! Tu t'emportes sans même me laisser le temps de t'expliquer. Il s'agit d'une rencontre amicale en fauteuil. J'ai pensé que cela pourrait t'intéresser.

Florian haussa les épaules.

— C'est hors de question ! Je n'ai pas la moindre envie de me donner en spectacle !

— Foutue tête de mule ! Il n'est pas honteux d'être en fauteuil, mon vieux. Et, crois-moi, reprendre le tennis te ferait beaucoup de bien.

— Tu en parles à ton aise ! Tu as tes deux jambes, toi !

La voix de son ami exprimait un tel désespoir que Régis en eut le cœur serré. Cependant, il n'avait pas l'intention de se laisser impressionner. Il savait que Florian avait besoin d'être un peu bousculé pour remonter la pente.

— C'est vrai, répondit-il mais c'est aussi pour cette raison que je me bats. Tu es jeune, sportif, ça me rend malade de te voir passer tes journées devant ton téléviseur.

— Si ça me convient ?

Ils s'affrontèrent du regard.

— Si c'est le cas, tu n'es plus le Florian que je connais depuis la maternelle et qui était mon meilleur ami, déclara froidement Régis.

Brusquement, Florian rompit les chiens.

— C'est bon, je vais t'accompagner, sinon tu vas me harceler sans répit. Mais que ce soit bien clair : je fais l'aller et retour.

— Pas de problème.

Régis réprima un cri de joie. Il avait franchi un premier pas. Le reste suivrait, il voulait s'en persuader.

*

— Tu as encore de beaux restes ! commenta Régis à la fin de deux sets disputés par Florian et un autre joueur en fauteuil roulant.

Son ami secoua la tête d'un air incrédule.

— Je n'aurais jamais imaginé... murmura-t-il comme pour lui-même.

Régis lui décocha une bourrade.

— Tu sais maintenant que je suis de bon conseil. On va entamer un programme de remise en forme, toi et moi. Fauteuil ou pas fauteuil.

La voix ferme et décidée de Régis, comme une lueur d'espoir dans la grisaille de son quotidien. Son intervention lui avait fait l'effet d'un électrochoc.

Il ne se reconnaissait plus dans le personnage apathique qu'il était devenu.

Et Amandine ? Qu'avait-elle pensé de lui ? Cette question n'avait pas fini de l'obséder.

Il adressa un sourire un peu tremblé à Régis.

— Je compte sur toi, mon ami. Et je te remercie.

*

La remarque de trop. La phrase lourde qui ne passait pas, ne pourrait jamais passer. Une allusion à un éventuel dédommagement des victimes de l'attentat. Comme si celui-ci avait représenté une chance… de « faire du fric », comme disait son chef de service. Hors d'elle, révoltée, Amandine jaillit de son siège.

— Je pars ! lança-t-elle à la cantonade.

Des murmures s'élevèrent tandis qu'elle remontait l'allée centrale pour quitter le bureau organisé en open space. Son chef, yeux écarquillés, bouche ouverte, ne trouva pas les mots pour la retenir. Cela valait mieux, d'ailleurs car, dans l'état de nerfs qui était le sien, elle aurait pu l'insulter ou même le gifler.

Son amie Clarisse la rattrapa alors qu'elle franchissait le seuil de l'entreprise.

— Tu as eu raison, lui dit-elle. Mets-toi à l'abri.

Curieusement, à cet instant, elle pensa à la maison de Laura, sur les Hauts de Vence. Comme s'il s'était agi d'un refuge.

*

2018

— Tu as perdu beaucoup de temps mais ça se rattrape, annonça Quentin à Florian au terme d'un long bilan de sa condition physique.

Quentin, qui travaillait dans un centre de réadaptation fonctionnelle, avait fait appel à une équipe pluridisciplinaire. Psychologue, ergothérapeute, kinés, avaient fait avec lui le tour de la question. À la suite d'un programme de remise en forme de trois mois, Florian devrait pouvoir rouvrir son cabinet de kinésithérapeute. Pour ce faire, il lui faudrait acquérir une table de massage équipée de réglages électriques. Il aurait droit à un prêt.

Pour la première fois depuis plus d'un an, il se surprenait à faire des projets.

Amandine… Il fallait qu'il lui parle.

À condition qu'elle ne soit pas lassée de lui. Il lui avait manifesté une telle indifférence. Il ne voulait pas de sa pitié. À aucun prix. Mais, obsédé par le sentiment de sa déchéance et de son inutilité, il avait refusé de prendre son amour en compte. De plus, il n'avait pas voulu penser à elle, à ce qu'elle avait traversé de son côté. Il se détestait d'avoir agi avec un tel égoïsme et il avait l'horrible sentiment qu'il était désormais trop tard.

Il tapa du poing contre l'accoudoir de son fauteuil.

Il devait se battre. Sur tous les fronts.

*

Clarisse jeta un coup d'œil incertain au cadre spartiate.

— Tu n'as pas peur de t'être emballée ? s'inquiéta-t-elle.

Amandine l'avait appelée le matin même pour lui annoncer avoir trouvé la maison de ses rêves.

Or, Clarisse trouvait que celle-ci ressemblait plutôt à une bicoque qui avait besoin de grands travaux de rénovation.

Son amie lui sourit.

— Je sais, ça fait peur en l'état actuel. Manette m'a fait la même remarque hier soir. Mais je sais où je vais : abattre les cloisons pour constituer une immense pièce de vie, isoler les murs, passer tout à la peinture blanche et faire crépir la façade. À l'arrière, chambre et salle d'eau.

Clarisse laissa échapper un petit sifflement.

— Peste ! Tu as tout prévu.

Une ombre voila le regard de son amie.

— Je ne sais pas, souffla-t-elle.

Toutes deux savaient qu'elle songeait à Florian. Son ancien compagnon ne s'était pas manifesté depuis plusieurs semaines et elle-même avait cessé de lui rendre visite. Elle refusait de s'imposer à lui, tout en ne parvenant pas à tourner la page.

— C'est la vue qui m'a d'abord séduite, reprit Amandine. Regarde…

Les collines couraient vers l'horizon, couleur lapis-lazuli. Le Baou de Saint-Jeannet dominait la bergerie comme une présence tutélaire. Il se dégageait du site une impression de sérénité.

— Ici, je me sens libre, confia Amandine. Pas prisonnière de la ville, de…

Sa voix eut une brisure. Clarisse lui sourit.

— J'imagine, ma belle. Tu peux compter sur moi pour le travail. À défaut d'être compétente, je pourrai toujours me charger de l'intendance ! Dis-moi... j'ai l'impression que Batman et Robin se plaisent déjà ici.

— Tu peux le dire ! J'ai beaucoup de peine à les ramener en ville.

Chien et chat folâtraient dans l'herbe, aux pieds d'un olivier séculaire.

— Je t'admire d'avoir sauté le pas, poursuivit Clarisse. Comment vas-tu te débrouiller les premiers temps ?

— Ma formation est prise en charge. De plus, je n'avais jamais touché au capital laissé par mes parents, ce qui m'a permis d'acquérir la bergerie.

— Et... Florian ? Qu'est-ce qu'il en dit ?

Le visage d'Amandine se ferma.

— Florian ne sait rien de mes projets. C'est peut-être mieux ainsi, d'ailleurs...

Après avoir passé des nuits à se torturer le cerveau, elle avait fini par décréter que la balle était dans son camp. À lui d'effectuer le premier pas s'il souhaitait la revoir, lui parler. Pour sa part, elle avait suffisamment donné.

Pourtant, elle savait bien au fond d'elle-même qu'elle ne parviendrait jamais à se détacher de Florian.

Elle l'aimait. À jamais.

*

La bergerie était encore en chantier, elle-même dormait sur un matelas dans une pièce pratiquement vide, mais cela importait peu à Amandine. D'abord, elle souffrait moins d'insomnies qu'à Nice ! La nuit dernière, les hululements d'un nocturne l'avaient tirée de son sommeil mais elle s'était rendormie aussitôt après.

Ensuite, sa formation d'auxiliaire de vie lui apportait de grandes satisfactions. « Tu comprends, avait-elle expliqué à sa grand-mère, après la tragédie, il me fallait trouver quelque chose qui ait du sens. »

Elle avait le sentiment d'être utile, ce qui ne lui était pas arrivé depuis des lustres. C'était aussi cette leçon qu'elle avait tirée de l'attentat : ne pas retarder le moment de changer ce qui pouvait être changé, de mener une existence plus conforme à ses aspirations profondes. Si seulement Florian avait bien voulu l'écouter !

Elle se leva, escortée par ses deux pots de colle, ouvrit la porte. Chaque matin, la vue du paysage lui coupait le souffle, lui donnait l'impression de faire partie intégrante du site.

Elle se sentait bien. À sa place.

Même si Florian lui manquait toujours autant.

Elle lui avait envoyé un texto pour lui indiquer sa nouvelle adresse.

Elle avait ajouté : « Viens quand tu veux. »

Elle s'était demandé durant un bon moment si elle n'aurait pas dû terminer son message par une formule de politesse avant d'y renoncer. Cela ne rimait à rien. Ils s'étaient aimés, avaient vécu ensemble durant plusieurs années… Elle n'allait tout de même pas lui écrire un « Bises » passe-partout !

Elle haussa les épaules. Même si son chagrin était toujours aussi intense, elle devait tourner la page.

Facile à dire !

Elle s'occupa des gamelles de Batman et de Robin après leur avoir prodigué les caresses matinales, et but son thé, assise à la table du jardin.

Les roses étaient encore recouvertes de gouttes de rosée translucides. Au matin, elles exhalaient leur parfum lourd.

Ces roses n'étaient pas comme les autres, lui avait expliqué Laura. Jusqu'au début des années 1970, on les cultivait encore autour de Vence et de Saint-Paul pour l'industrie de la parfumerie. Chaque fleur à parfum avait sa saison. Les violettes se cueillaient en février, les roses en mai, le jasmin en juin, les tubéreuses en août.

Amandine avait alors songé à une citation de Shakespeare, notée dans son agenda en terminale : « À Noël je n'ai pas plus envie de rose que je ne voudrais de neige au printemps. J'aime chaque saison pour ce qu'elle apporte. »

C'était tout à fait ça.

À la bergerie, elle redécouvrait le rythme des saisons, avait le sentiment de se réapproprier sa vie.

Elle se plongea dans l'étude de ses notes. Elle avait hâte de passer l'examen qui lui permettrait d'exercer le métier choisi.

Carlotta, son ancienne voisine, avait esquissé une moue en apprenant son changement d'orientation.

« Auxiliaire de vie… ce n'est pas bien payé, tu sais. Et puis, côté image…

— C'est ce que j'ai envie de faire, avait répondu Amandine. Ce qu'on nomme maintenant un métier du lien. »

Sa détermination valait tous les discours : elle ne reviendrait pas sur sa décision, mûrement réfléchie.

Robin vint poser la tête sur son genou. Elle le caressa, lentement, doucement.

« Si seulement Florian voulait bien se souvenir de nous... » souffla-t-elle.

Une larme roula sur sa joue. Elle ne songea pas à l'écraser.

N'était-il pas trop tard, de toute manière ?

*

Elle relut pour la troisième fois le message de Florian qui s'affichait sur son portable.

« Je t'invite à l'inauguration de mon nouveau cabinet, ce vendredi. »

Nouveau cabinet ? Pourtant, l'adresse n'avait pas changé ! Apparemment, il avait décidé de recommencer à travailler. Ce ne pouvait être que positif, se dit-elle, heureuse pour lui.

Devait-elle s'y rendre ? Elle hésita deux jours avant de se décider à répondre : « Je viendrai si je peux me libérer. »

Pas de formule de politesse, rien d'autre qu'un A signant le texto. La veille de l'inauguration – décidément, elle n'aimait pas ce mot trop pompeux ! –, elle retourna son dressing, à la recherche d'une tenue assez... pas trop... sous le regard goguenard de Batman. Robin, pour sa part, paraissait compatir à son indécision. Le museau entre les pattes, il affichait l'expression navrée du chien se demandant s'il aurait des croquettes le soir.

— Comédien ! lui lança la jeune femme en riant.

Elle opta finalement pour une jupe fleurie et un haut rouge.

« Je vais bien ! » avait-elle envie d'affirmer.

Cela commençait à devenir vrai.

Le mois précédent, elle avait tiré d'un carton son chevalet, ses toiles et sa boîte d'aquarelles. Elle avait aimé peindre, longtemps auparavant, alors qu'elle avait suivi durant un an les cours de l'École des Beaux-Arts. Elle avait arrêté, persuadée que ses œuvres n'intéresseraient jamais quiconque. L'envie lui était revenue, après avoir expliqué à son acupuncteur qu'elle ne souhaitait plus peindre pour être reconnue, mais tout simplement pour elle, parce qu'elle en avait besoin.

Les premières toiles reflétaient une explosion de couleurs, semblables à celles de ses souvenirs, un certain 14 juillet, sur la promenade des Anglais. Elle aurait voulu les exposer, tout en n'ayant pas le courage de franchir le pas. Depuis la tragédie, ils étaient nombreux à mener une existence presque marginale, comme pour mieux se protéger. Amandine refusait cette vie-là.

Il était grand temps pour elle de sortir de l'ombre. Forte de cette conviction, elle se présenta au cabinet de Florian. Contrairement à ce qu'elle pensait, personne ne se pressait à la porte. Il la lui ouvrit, lui offrant son sourire charmeur.

— Où sont les autres invités ? questionna-t-elle.

Il secoua la tête.

— On dirait bien qu'ils ne sont pas venus. À moins que je ne leur fasse peur ? L'infirme sur son fauteuil... ça fait tache !

Même si son visage s'était émacié, il lui parut être beaucoup mieux. Comme apaisé.

Ils se jaugèrent du regard.

— Tu n'es pas venue avec Robin ? s'enquit-il.

Elle faillit s'étrangler.

— Tu ne t'es guère intéressé à lui, que je sache !

— Je n'étais pas dans mon état normal. Furieux contre la terre entière et, plus encore, contre moi avec l'impression que ma vie était finie. Dans ces conditions, il était hors de question pour moi de t'imposer un tel sacrifice.

Elle secoua la tête, l'air de penser : « Tu dis n'importe quoi ! »

— Et maintenant ? questionna-t-elle d'une petite voix.

— Maintenant ? Viens voir !

Il appuya sur le boîtier de télécommande, actionnant l'ouverture des portes du cabinet.

À l'intérieur, tout avait été prévu pour qu'il puisse recevoir et soigner sa patientèle dans des conditions optimales.

— C'est merveilleux ! s'écria-t-elle, admirative.

Elle lut dans ses yeux à quel point il était ému, et lui serra la main. Fort.

— Et toi ? reprit-il. J'ai appris par ta grand-mère que tu avais acheté une maison dans l'arrière-pays.

— C'est exact. Une ancienne bergerie, que je restaure.

Elle ajouta, en lui adressant un clin d'œil :

— Tout est de plain-pied avec seulement une mezzanine. Si tu veux y venir, je t'accueille avec grand plaisir dans ma thébaïde.

— C'est une idée, fit-il, et son cœur manqua un battement.

L'arrivée de plusieurs personnes interrompit leur conversation. Amandine les connaissait pour la plupart et, durant quelques minutes, ce fut une succession d'exclamations, d'échanges de bises et de poignées de main.

Amandine était la première surprise de parvenir à deviser comme si de rien n'était. Elle guettait Florian du coin de l'œil, redoutant de le voir s'assombrir ou se mettre en retrait.

Elle l'aimait toujours, pensa-t-elle, ne sachant si elle devait s'en réjouir ou s'en alarmer.

Leurs regards se croisèrent.

De nouveau, comme jadis, ils avaient la faculté de s'isoler du reste du monde.

Il lui sourit.

— Quand les invités seront partis, tu m'emmèneras dans ta bergerie, suggéra-t-il.

Elle hocha la tête. Elle savait que tout ne redeviendrait pas comme avant d'un coup de baguette magique. Florian et elle avaient leurs blessures, physiques et morales mais Amandine n'avait plus peur.

S'ils se retrouvaient enfin, ils pouvaient entamer une nouvelle vie.

L'ESCAPADE D'APOLLINE

*Voyager sans rencontrer l'autre,
ce n'est pas voyager, c'est se déplacer.*

Alexandra DAVID-NEEL

C'était le moment ou jamais, pensa-t-elle en consultant son radioréveil.

Sept heures quinze.

La veilleuse allait bientôt quitter son poste. Elle se défiait d'elle. C'était le genre de personne à ne pas se laisser attendrir. « Un cheval de trompette », aurait dit son père, utilisant cette expression imagée pour désigner un dragon.

Elle esquissa un sourire à l'évocation de ce père tant aimé, professeur de latin et de grec.

Quarante ans après sa mort, il lui manquait toujours. Comme son époux, Joseph, disparu dix ans auparavant.

Elle était seule, désormais. Seule avec ses souvenirs.

Elle vérifia son allure dans le miroir de la salle de bains.

En toute honnêteté, elle ne paraissait pas ses quatre-vingt-dix ans. La coiffeuse, Mélanie, entretenait chaque semaine son casque de cheveux argentés, lisse et brillant. Elle avait renoncé aux colorations depuis la mort de Joseph.

Elle n'était plus la plus jolie femme de jadis mais faisait une vieille dame encore acceptable, se dit-elle avec une pointe d'humour. Yeux bleu foncé, teint clair, peu de rides car elle s'était toujours protégée du soleil... Restait ce maudit fauteuil, dont elle ne pouvait se séparer à cause de sa neuropathie.

Elle sortit de la salle de bains, posa un cardigan sur ses épaules en prévision de la fraîcheur matinale.

Installée dans son fauteuil, elle manœuvra la porte ouvrant sur le couloir, jeta un coup d'œil à droite et à gauche. Personne ! Conformément à ses prévisions, la veilleuse devait procéder à la « relève » avec l'infirmière de jour.

Elle appela l'ascenseur, le cœur battant.

Tout se déroula comme elle l'avait prévu jusqu'à ce qu'elle sorte de l'ascenseur dans le hall. L'accueil était encore fermé. Elle se dirigea vers la sortie donnant sur un petit jardin ; le traversa avant de franchir la porte réservée aux livreurs.

Il ne lui restait plus qu'à s'acheminer jusqu'à la rue adjacente où, théoriquement, le taxi réservé devait l'attendre. Elle appréciait cet avantage de la technologie : on pouvait pratiquement tout faire avec un smartphone et une carte bancaire !

Elle poussa un énorme soupir de soulagement en apercevant une berline rouge surmontée du panonceau « Taxi ».

Elle avait bien insisté sur ce point le jour où elle avait effectué la réservation : elle désirait une berline rouge.

Ça a plus de gueule, pensa-t-elle.

Le chauffeur l'aida obligeamment à monter dans la voiture avant de plier son fauteuil et de le ranger dans le coffre.

C'était un homme d'une quarantaine d'années, à la silhouette longiligne. Son demi-sourire était bienveillant.

Avec un peu de chance, c'est quelqu'un de bien, se dit-elle.

Elle n'avait pas le choix. C'était la seule manière de mener son projet à bien.

Confortablement installée, Apolline ferma les yeux quelques instants, savourant ce qu'elle nommait son « escapade ».

Celle-ci avait été longuement mûrie au cours des deux derniers mois.

Elle avait même pris un certain plaisir à simuler la docilité afin d'endormir la vigilance de madame Henrot.

Madame Henrot – Marie-Ève de son prénom –, la directrice de l'EHPAD Les Cornouillers, si elle sympathisait avec elle, ne souffrait aucune dérogation au règlement. Cependant, Apolline parvenait à la dérider.

Depuis six ans qu'elle était installée là, elle avait l'habitude de mettre le personnel dans sa poche.

Son sens de l'humour, ses remarques à l'emporte-pièce faisaient rire. Joueuse de Scrabble acharnée, elle regrettait de ne plus pouvoir participer aux après-midi dansants à cause de cette maudite neuropathie.

Il fallait la voir, jadis, danser le fox-trot ou le tango.

Joseph et elle se rendaient dans des thés dansants. C'était pour eux un bonheur sans cesse renouvelé d'évoluer sur la piste, en oubliant tout ce qui n'était pas eux.

La mort brutale de Joseph l'avait frappée de plein fouet, et elle avait bien cru ne jamais s'en remettre.

D'ailleurs, depuis ce jour, elle se contentait de survivre, impatiente de pouvoir le retrouver.

Était-ce cette dépression qui avait provoqué l'irréparable avec Laurence ?

Elle n'avait pas envie de s'interroger plus avant.

La circulation était fluide sur l'autoroute. Elle ferma les yeux.

Juste quelques minutes, se dit-elle.

Bruno, le chauffeur, jeta un coup d'œil dans le rétroviseur. La vieille dame s'était endormie. De nouveau, il se demanda ce qui pouvait justifier cette longue course, avant de hausser les épaules.

Après tout, ce n'était pas son affaire !

*

— Vous rendez-vous compte ? gémit mademoiselle Jottras, l'intendante. Si jamais cela se savait, la réputation des Cornouillers serait perdue !

Marie-Ève Henrot soutint son regard indigné.

— Calmez-vous, mademoiselle Jottras. Je suis certaine que nous allons la retrouver.

— Au fond d'un fossé ? Madame Lesage se déplace en fauteuil, vous le savez aussi bien que moi.

— Il n'empêche qu'elle a toute sa tête. J'aime beaucoup cette vieille dame. Elle n'abdique pas.

— Même si elle est une fauteuse de troubles ?

— Et quand bien même ? Elle ne va pas fomenter une émeute dans l'établissement !

— Allez savoir ! Madame Lesage est capable de tout.

En d'autres circonstances, Marie-Ève aurait éclaté de rire. Elle imaginait mal, en effet, Apolline Lesage jouant le rôle de meneuse. Meneuse de qui, d'ailleurs ? La plupart des pensionnaires avaient une vie rythmée par les horaires des repas et les programmes de télévision. Apolline ne leur ressemblait pas. Elle lisait, beaucoup, entretenait une correspondance suivie avec ses amies de Biarritz et de Saint-Jean-d'Angély. Elle se tenait au courant de l'actualité et était abonnée à plusieurs revues.

Toutes deux devisaient d'agréable façon lorsque Apolline venait saluer Marie-Ève dans son bureau.

Elle repoussa les documents épars sur son bureau ; soupira.

— Si Apolline n'est pas rentrée ce soir aux Cornouillers, je signalerai sa disparition, déclara-t-elle.

À regret, naturellement, mais elle ne pourrait attendre plus longtemps.

*

« Je vous invite », avait dit Apolline.

Avant d'ajouter : « Vous verrez, si mes souvenirs ne me trahissent pas, on déjeune fort bien dans cette hostellerie. »

Décidément, cette vieille dame ne ressemblait à aucune autre, songea Bruno en suivant ses indications.

Il gara sa voiture sur le parking de l'auberge, sortit le fauteuil roulant du coffre et y installa sa cliente.

Il l'emmena ensuite sur la terrasse du restaurant, l'installa à la table qu'elle avait réservée, face au moulin à la roue moussue. Avant de s'asseoir à son tour, toujours en suivant ses instructions.

La scène avait quelque chose de *Miss Daisy et son chauffeur*, se dit-il avec une pointe d'autodérision.

Il laissa la vieille dame commander un buisson de langoustines et choisit pour lui un tartare de saumon. Il n'avait jamais vécu pareille situation, tout en la trouvant plutôt drôle.

Sa cliente se décida pour un châteauneuf-du-pape blanc, et il regretta de ne pouvoir en boire qu'un seul verre.

Pourtant, comme il avait une grand-mère nonagénaire, il mit en garde la vieille dame.

— Je suppose que vous suivez un traitement pour l'hypertension ou le cœur. Mieux vaut ne pas boire trop d'alcool avec ce genre de médicaments.

Elle égrena un joli rire, un rire de jeune fille.

— Votre sollicitude me touche mais ne vous inquiétez pas : nous emporterons la bouteille.

Son aisance dans ce genre d'établissement haut de gamme l'impressionnait. Il avait toujours peur de se tromper de couverts. Il pensa alors à sa grand-mère qui lui conseillait : « Si tu ne sais pas quoi faire, imite celui qui est à côté de toi. »

— Quel est votre nom, madame ? questionna-t-il.

— Lesage. Apolline Lesage.

— Eh bien, madame Lesage, trinquons à ce voyage pas comme les autres.

Elle leva son verre.

— Entendu, jeune homme. Comment vous appelle-t-on ?

— Bruno.

— À notre voyage, Bruno. Faisons en sorte qu'il soit très agréable.

Elle savoura le déjeuner, délicieux, but un verre de châteauneuf, puis un autre de lalande-pomerol pour accompagner le rôti de bœuf Wellington.

— Mon mari et moi avions l'habitude de fréquenter de bons restaurants une ou deux fois par mois. C'étaient nos récréations.

Bruno se sentit soudain ému. La vieille dame se montrait gaie et de bonne compagnie, mais il percevait une fêlure chez elle.

Elle fit honneur au parfait mangue-fruit de la Passion, en confiant :

— Je suis horriblement gourmande et je n'ai même pas honte ! C'est l'un des avantages du grand âge : je me soucie de ma ligne beaucoup moins qu'avant !

Il la regarda plus attentivement. Elle portait un pantalon blanc, un chemisier bleu lavande et un cardigan assorti. Un foulard de soie dans un camaïeu de bleu dissimulait en partie son cou. Elle avait l'habitude de prendre soin de son apparence, de toute évidence.

Elle lui sourit.

— Vous vous posez des questions à mon sujet, n'est-ce pas ? Je suis une vieille dame banale. J'avais seulement envie de prendre un peu l'air.

Bruno sourit à son tour.

— C'est quand même une belle balade ! Vous désirez toujours vous rendre jusqu'à Grignan ?

— Et comment !

Il lui offrit son bras pour l'installer dans son fauteuil. Il huma son parfum, qui fleurait bon l'œillet.

— L'Air du Temps, lui indiqua-t-elle. Mon père me l'a fait découvrir pour mes vingt ans et je lui suis restée fidèle.

Bruno se demanda quel était le parfum de sa compagne, Justine. Impossible de s'en souvenir, elle en changeait sans cesse, désireuse de tester les nouveautés en parfumerie.

Ce devait être à ce genre de détail qu'on se sentait d'une autre époque, se dit-il.

Elle s'installa à l'arrière avec un petit soupir de bien-être.

— À mon âge, chaque moment de bonheur est précieux, lui confia-t-elle.

Quel âge pouvait-elle avoir ? Certainement plus de quatre-vingts ans, bien qu'elle ne les paraisse pas.

Elle lui adressa un clin d'œil complice dans le rétroviseur.

— Je vous intrigue, pas vrai ? Allons, en route, Bruno ! Vous pourriez être mon petit-fils.

Il s'exécuta ; reprit l'autoroute. La température extérieure dépassait les trente degrés mais la climatisation jouait parfaitement son office.

L'esprit d'Apolline vagabondait. Tous ces voyages effectués avec Joseph, leur passion commune pour l'histoire et les jardins... Architecte, son époux avait un cabinet réputé à Lyon.

Elle-même était traductrice et prenait un grand plaisir à retranscrire en français des ouvrages russes.

« L'éternelle âme slave », commentait Joseph en riant, et Apolline s'agaçait.

« Moque-toi ! Des géants comme Tolstoï n'ont pas leur équivalent en France ! »

Comme le temps de leurs joutes oratoires lui paraissait loin ! Ils avaient vécu l'un pour l'autre durant plus de soixante ans. Sans Joseph à ses côtés, la vie lui paraissait singulièrement dénuée de sel.

Ses paupières battirent. Elle avait sommeil, certainement à cause de la chaleur et de cet excellent repas. Si la diététicienne des Cornouillers avait assisté à la scène, elle en aurait avalé son dictionnaire des calories !

Elle ferma les yeux. Elle brûlait du désir de rêver de Joseph, pour le voir une nouvelle fois.

Elle s'endormit, un sourire aux lèvres.

*

— Waouh ! fit Bruno, découvrant les champs de lavande qui couraient vers l'horizon.

Le spectacle avait quelque chose de magique. En toile de fond, le château de Grignan, qui dominait, impavide, le village aux toits de tuiles patinées.

— C'est beau, souffla Apolline.

Elle revoyait Joseph l'amenant pour la première fois à Grignan et à Roche-Saint-Secret pour lui faire découvrir la beauté des champs de lavande.

C'était en 1950, ils étaient partis dans leur cabriolet Alfa Romeo. Rouge comme le taxi de Bruno.

— Vous voulez bien m'aider et me sortir mon fauteuil ?

Il s'empressa, lui offrit son bras pour lui permettre de s'installer dans sa Rolls, comme elle nommait ledit fauteuil.

Malgré les années, elle n'avait jamais pu s'y habituer. Elle se sentait horriblement diminuée. Une autre Apolline, une vieillarde alors que, durant quatre-vingts ans, elle avait mis un point d'honneur à paraître plus jeune que son âge.

C'était d'ailleurs pour cette raison qu'elle avait cessé de voir Laurence. Elle ne supportait pas l'idée d'être changée à ce point, et n'avait pas voulu imposer sa dégradation physique à sa fille. Celle-ci, se sentant rejetée, avait fini par ne plus venir la voir.

Un malentendu qui avait blessé Apolline et certainement tout autant Laurence.

Il était trop tard, désormais, se dit la vieille dame, se dirigeant vers le lavoir de style néoclassique, en pierre de Chamaret à la couleur claire, Bruno dans son sillage.

Elle franchit le seuil d'un jardin à l'anglaise. Son mari et elle aimaient à venir y prendre le thé, il y avait de cela bien longtemps. Ils réservaient une chambre dans l'hôtel attenant, une demeure de charme dont les fenêtres ouvraient sur les champs de lavande.

— Venez ! lança-t-elle à son chauffeur.

Ils s'installèrent à une table ronde en fer forgé. Des roses en buissons exhalaient un parfum sucré.

Bruno voulut chasser de la main une abeille qui tournait autour d'eux. Apolline l'en empêcha.

— Laissez-la vivre, elle butine simplement.

Il esquissa un sourire.

— Au temps pour moi ! Je suis un citoyen de la ville, et n'ai pas toujours le réflexe écologique, je l'avoue.

— Nous habitions à la campagne, dans le Beaujolais. Une maison d'architecte, bien sûr, comment aurait-il pu en être autrement, grande, ouverte sur l'extérieur et le jardin. Mon époux avait des ruches, et il était particulièrement fier de sa récolte de miel. Il avait conçu pour moi une véranda-bibliothèque, où j'avais installé mon bureau. Penchée sur mes traductions, lorsque je relevais la tête, il m'arrivait d'apercevoir un écureuil, ou bien un rouge-gorge. C'était notre maison du bonheur.

— Vous l'avez quittée, pourtant.

Elle le fixa de ses yeux très bleus. Sa bouche tremblait.

— Mon mari souffrait de troubles cardiaques. Il lui fallait non seulement une habitation fonctionnelle mais aussi la proximité de différents services hospitaliers. Nous avons dû nous installer à Lyon, dans un appartement. Ce qui ne l'a pas empêché de partir deux ans après, d'un œdème pulmonaire.

Elle haussa légèrement les épaules.

— C'est la vie, m'a-t-on dit alors, même si je déteste ce genre de phrases toutes faites et ces condoléances qui n'en sont pas vraiment, alors que les gens n'en ont rien à faire. Si vous avez dépassé un certain âge, ne comptez pas, surtout, sur l'empathie d'autrui. On estime que vous avez largement fait votre temps.

Curieusement, ses paroles désenchantées trouvèrent un écho chez Bruno. Il avait énormément souffert lors du décès de sa grand-mère et mal accepté certaines réflexions concernant le grand âge de celle-ci.

Il se pencha vers Apolline.

— Vous comptez pour vos proches, vos amis…

Un rire bref l'interrompit.

— À mon âge, on n'a plus beaucoup de famille ! Quant aux amis… ils vous oublient vite quand vous n'organisez plus de dîners et que vous ne recevez plus personne. J'ai finalement décidé de m'installer aux Cornouillers car je ne pouvais plus rester seule et je pensais sauvegarder tout de même mon indépendance. Las ! Les heures de repas n'ont rien à envier à celles en vigueur dans les hôpitaux et je suis soumise à un règlement draconien.

— Vous pouvez toujours changer d'établissement, suggéra Bruno.

La vieille dame soupira.

— Je me suis renseignée. C'est partout le même système. Vieille et handicapée... la situation n'est pas terrible ! Allons !

Elle lui tendit la carte des mignardises.

— Laissez-vous tenter. Les babas au rhum étaient délicieux, jadis.

— Je préfère un sorbet.

— Entendu. Thé ou café ?

— Plutôt un jus de fruit. Quel est le programme après cette pause ?

Apolline sourit.

— Le programme ? Vous me ramenez à Lyon. Puisque je n'ai pas d'autre choix ! Je vous demanderai simplement de m'amener en bordure d'un champ de lavande. C'est ma façon d'honorer la mémoire de mon époux. Il aurait eu cent ans aujourd'hui.

Une nouvelle fois, Bruno se sentit ému.

— Promis, acquiesça-t-il.

*

L'appel de la directrice des Cornouillers, en début d'après-midi, avait affolé Laurence. Si elle était en contact régulier avec Marie-Ève Henrot pour avoir des nouvelles d'Apolline, c'était elle en général qui appelait la responsable, et non l'inverse. Cette fois, cependant, Marie-Ève avait paru inquiète.

« J'espérais la voir revenir pour le déjeuner, mais j'ai peur qu'il ne s'agisse d'une véritable fugue, lui avait-elle déclaré. Nous avons procédé à des recherches dans les environs de l'établissement, sans succès. Je vais me résoudre à prévenir la gendarmerie. »

Laurence éprouva une sensation d'angoisse extrêmement désagréable. Certes, les ponts avec sa mère étaient coupés depuis plusieurs années mais Apolline comptait toujours pour elle. Son cœur s'affola. Elle avait encore tant de choses à lui dire ! Leur brouille n'était-elle pas le heurt de deux caractères forts, refusant l'un et l'autre de céder ?

Elle prit une longue inspiration. Ne panique pas, s'exhorta-t-elle.

— Je viens le plus vite possible, décida-t-elle.

Elle s'arrangerait avec Simon. D'ailleurs, il y avait longtemps que son époux l'incitait à faire la paix avec sa mère. Or, elle ne pouvait s'y résoudre, persuadée qu'Apolline lui opposerait une fin de non-recevoir, et sachant qu'elle ne le supporterait pas. Son éloignement était pour Laurence une façon de se protéger.

Sa mère n'était-elle pas connue pour avoir un caractère redoutable ?

Simon soutint son projet.

— Oui, bien sûr, tu dois te rendre à Lyon, lui dit-il.

Pourtant, un point de détail contrariait Laurence. Elle se répétait qu'elle devrait penser à certaine chose. Quoi ? elle était incapable de le dire !

Ce fut seulement alors qu'elle prenait la direction de l'autoroute qu'elle se rappela.

On était le 30 juin. Son père aurait eu cent ans.

Elle fit aussitôt demi-tour.

Elle croyait savoir où Apolline s'était rendue.

*

Bruno avait suivi les indications d'Apolline et contourné le mur du cimetière de Grignan. Le premier champ de lavande, tout proche, le séduisit immédiatement. Sous le bleu profond du ciel, les rangées de lavande exhalaient un parfum sublime qui enivrait des milliers d'abeilles.

— Les « routes » de lavande sont alignées comme pour la parade, lui expliqua Apolline. La lavande est l'image de la Provence, mais il ne faut pas s'y tromper. La fine, la vraie, pousse à plus de sept cents mètres d'altitude. Par ici, nous avons surtout du lavandin. Peu importe, car je ne suis guère puriste. Pour ma part, je recherche surtout l'accord des couleurs et des parfums. Nous venions ici chaque année, mon époux et moi, pour son anniversaire.

Nous nous rendions ensuite dans les Alpes-de-Haute-Provence, sur le plateau de Sault et du côté de Forcalquier pour terminer par le plateau de Valensole. Nous séjournions à Moustiers-Sainte-Marie, que de bons souvenirs.

Elle se pencha pour mieux humer quelques brins de lavande. Bruno, touché, lui sourit.

— Ma mère aimait à me répéter cette citation de James Barrie : « Dieu nous a donné la faculté de nous souvenir afin que nous puissions avoir des roses en décembre. »

Ils échangèrent un sourire complice.

— Merci, Bruno, déclara Apolline. Merci de m'écouter et de m'accompagner.

— C'est un plaisir, chère Apolline !

Ils rirent tous deux.

— C'est très sympathique à vous de rester avec moi, reprit-elle.

Elle aurait tant voulu revoir Laurence. Si seulement son satané orgueil ne lui interdisait pas de faire le premier pas ! Elle entendait encore Joseph lui conseiller : « Ma chérie, tu peux parfois faire preuve d'intransigeance. Laurence te ressemble, le feu attise le feu. Ce n'est pas bon. »

Elle crispa les mains sur les bras de son fauteuil.

Elle avait respecté le rendez-vous avec Joseph et en tirait une mélancolie douce-amère. Plus rien n'était pareil. Elle n'apercevrait plus la haute silhouette de son compagnon, coiffée d'un panama, dans le champ de lavande. Cette certitude lui déchirait le cœur. Une larme roula sur le visage parcheminé d'Apolline.

*

Laurence éprouva un pincement au cœur en reconnaissant la silhouette du château de Grignan, qui dominait la plaine.

Son architecte de père aimait à venir régulièrement en ce lieu, qu'il affectionnait particulièrement. Ses parents l'y avaient souvent amenée, en différentes saisons.

Elle se rendit au salon de thé situé non loin du lavoir, demanda si une vieille dame y avait été vue.

On lui répondit par l'affirmative. Son chauffeur l'accompagnait.

Laurence esquissa un sourire. Elle était proche du but.

*

La main en visière devant les yeux, Apolline songeait qu'elle avait de la chance, beaucoup de chance, d'avoir pu venir cette année encore. De plus, son sympathique chauffeur lui avait grandement facilité la tâche.

Encore un anniversaire, pensa-t-elle.

En irait-il de même l'an prochain ? Elle aurait été bien incapable de le dire et, de plus, elle ne savait pas si elle le souhaitait. À son âge, elle avait le sentiment d'être devenue un vieux dinosaure, appartenant à une espèce disparue. Qui s'intéressait encore à elle, hormis la directrice des Cornouillers ?

Elle esquissa un sourire teinté d'autodérision.

Combien de temps encore ? s'interrogea-t-elle avec une acuité douloureuse.

— Maman !

Elle tressaillit. Ne s'agissait-il pas de la voix de Laurence ?

Décidément, elle serait bien inspirée d'aller effectuer ce test d'audition que madame Henrot lui suggérait avec de plus en plus d'insistance !

— Maman, répéta la voix qui rappelait celle de Laurence.

Apolline se retourna lentement, comme pour retarder l'instant où elle se rendrait compte qu'il s'agissait d'une illusion. Elle savait que Bruno se trouvait à ses côtés, prêt à la soutenir à la moindre défaillance de sa part.

Pourtant, elle n'avait pas imaginé entendre la voix de Laurence. Elle reconnaissait sa silhouette longiligne, sa blondeur.

— Laurence… chuchota-t-elle.

Sa voix paraissait prête à se briser.

D'un élan, sa fille courut vers elle. Les deux femmes s'étreignirent.

— Oh, maman, tu m'as fait tellement peur ! s'écria Laurence. Quelle idée d'être partie ainsi, sans prévenir !

— Au moins, cela nous a permis de nous retrouver, rétorqua Apolline avec une parfaite mauvaise foi.

Laurence poussa un énorme soupir.

— Tu es incorrigible, maman ! Madame Henrot était prête à déclencher le plan Orsec.

— Pourquoi pas Alerte Enlèvement ? ironisa la vieille dame.

Bruno fit un pas en avant.

— Désirez-vous que je vous ramène au salon de thé ? Le soleil tape encore fort et vous n'avez pas de chapeau.

La mère et la fille se concertèrent du regard.

— Bonne idée, approuva Laurence.

Elle le devinait, la première émotion passée, il leur faudrait un peu de temps pour renouer le lien. Pas trop d'explications, elle connaissait assez le caractère entier de sa mère pour savoir que celle-ci ne chercherait pas à se justifier. L'important n'était-il pas de s'être retrouvées ?

— Comment as-tu fait ? s'enquit tout de même Apolline.

Laurence sourit.

— La lavande… j'ai réalisé que papa aurait eu cent ans aujourd'hui. Or, je me souvenais de votre passion pour la lavande et pour Grignan. Ensuite… il a juste fallu faire vite mais je n'habite pas très loin, à présent. Simon et moi nous sommes installés à Saint-Paul-Trois-Châteaux il y a deux ans.

— Vraiment ?

Les yeux d'Apolline pétillaient de plaisir. Laurence caressa la main de sa mère, presque furtivement.

Apolline lui sourit avec tendresse.

— Nous ne nous quitterons plus, assura-t-elle.

Le temps qu'il me reste à vivre… pensa-t-elle aussitôt après. Mais cela, elle ne le précisa pas. Pour le moment, elle était encore bien vivante et Laurence et elle s'étaient retrouvées.

Le reste… eh bien, elle s'arrangerait du reste, comme elle l'avait toujours fait !

Il était urgent de savourer l'instant présent. Pour rattraper les années perdues.

UN PARFUM
D'ÉPICES ET DE MIEL

*Quand on est au milieu des roses,
on en prend le parfum.*

Proverbe russe

Les battements de son cœur s'accélérèrent lorsqu'il reconnut le campanile ouvragé de l'église Saint-Jean.

Même s'il croyait avoir tout oublié, il savait que, derrière l'église, un chemin muletier grimpait jusqu'à la Safrane.

Il l'emprunta, en s'appuyant un peu plus lourdement sur son bâton. Il avait toute une histoire, ce bâton ! Un ami basque l'avait taillé pour lui dans du bois de néflier, suivant la tradition du fabricant de makila et il ne l'avait pas quitté, des steppes hongroises au désert de Gobi. Il portait d'ailleurs bien son nom ! Son ami avait gravé dessus la devise *Nere bideko laguna* : « Mon compagnon de route ». Depuis quinze ans, il marchait, arpentait la terre, en se récitant des poèmes. Rimbaud avait souvent sa préférence, certainement parce qu'il avait beaucoup marché, lui aussi.

Ç'avait été la seule activité lui permettant de continuer à vivre, avec la lecture et l'écriture. Dans son sac à dos, il transportait plusieurs livres de poche. Fidèle à la tradition des grands voyageurs, il déposait les ouvrages lus sur un banc ou au pied d'un arbre et en achetait de nouveaux.

Le soir, à l'étape, il lisait à la lumière de sa lampe torche, environné d'une nuée d'éphémères lorsqu'il dormait à la belle étoile. Tout au long de ses pérégrinations, il avait fait des rencontres tantôt marquantes, tantôt amusantes, sans pour autant parvenir à oublier. Oublier… c'était son désir le plus cher, lorsqu'il avait pris la route. Quinze ans plus tard, il avait compris qu'il s'agissait d'une illusion. Il revenait différent. Avec toujours, cependant, la même brûlure au cœur.

Un chien aboya à son passage. Un drôle de chien, avec une oreille cassée et un œil cerné de noir. Ce devait être un bâtard de ratier, avec une tête sympathique.

Il sifflota. Le chien se tut et remua la queue. Un dicton apache lui revint alors en mémoire : « Il faut un peu d'argent pour acheter un chien. Il faut beaucoup d'amour pour lui faire remuer la queue », et il esquissa un sourire.

Ne pas penser à la Safrane. Ne pas penser à elle.

Il fut tenté à plusieurs reprises de faire demi-tour. Il ne se sentait pas prêt. Pourtant, il savait qu'il devait aller jusqu'au bout. Sidonie lui avait écrit, par l'intermédiaire de son ami Jérôme. Elle avait besoin de lui.

Il avait hésité un bon mois avant de se décider à rentrer en France. Il était monté à bord d'un cargo à Shanghai, avait joué aux échecs avec un médecin en retraite le temps de la traversée avant de débarquer au Havre.

À présent, les derniers kilomètres lui paraissaient les plus difficiles à parcourir.

N'était-ce pas pure folie de revenir à la Safrane ? Il s'était pourtant promis, quinze ans auparavant, de ne plus y remettre les pieds.

Le temps s'était écoulé, lui-même avait changé.

Il marqua un temps d'arrêt face aux deux piliers de pierre du portail, surmontés chacun d'un vase Médicis. La double haie de buis était mal entretenue. Quoi de plus normal, Sidonie avançait en âge. Par l'intermédiaire de Jérôme, il lui versait chaque mois son salaire et maître Fabre, le notaire, réglait les charges. Mais il n'avait jamais écrit personnellement à la gouvernante, de crainte de raviver des souvenirs trop douloureux.

Dans son esprit, la Safrane était destinée à rester une sorte de domaine endormi. Sans Johanna, elle avait perdu sa raison d'être.

Il crispa instinctivement les poings.

Ne pas évoquer Johanna, se dit-il.

Un chat roux et blanc traversa l'allée d'une allure paresseuse. Oncle Fulbert prétendait qu'il y avait toujours eu des chats à la Safrane. « Une tradition romaine », affirmait-il, les ancêtres Lafoux ayant découvert des vestiges romains durant les travaux d'agrandissement de la bâtisse.

Celle-ci avait encore fière allure avec son crépi d'un ton délicat de beige rosé, son fronton Directoire et sa ferronnerie, même si son œil exercé remarquait des fissures, un garde-corps à demi effondré, des tuiles arrachées.

Les années ne l'avaient pas épargnée. Comme moi, pensa-t-il avec une pointe d'humour.

Il gravit les marches du perron d'un pas lourd, poussa la porte massive et, d'un coup, eut l'impression de se retrouver quinze ans en arrière.

Le hall, de vastes dimensions, était dallé de noir et blanc. Un escalier à la rampe de fer forgé menait à une galerie.

Il lui suffisait de fermer les yeux pour revoir la silhouette gracile de Johanna, son regard rieur, et cette façon bien à elle de rejeter ses cheveux blonds en arrière. Un elfe, avait-il pensé le jour de leur rencontre. Des années de danse classique lui avaient donné une démarche tout en légèreté. Chacun de ses gestes était empreint de grâce.

Son cœur se serra. Il devait se résigner à l'idée que plus rien ne serait pareil. Elle lui manquerait à jamais.

— Comme je suis heureuse de te revoir !

La silhouette de Sidonie, un peu tassée, sa longue natte grise, et ces nouvelles rides marquant son front et les coins de sa bouche.

Ils s'étreignirent. Il reconnut le parfum dont elle avait toujours usé, une composition à base de roses de mai, les roses de la Safrane…

— Il y avait trop longtemps, reprit Sidonie.

Il ne souffla mot, se contentant de lui tapoter l'épaule, comme pour lui dire qu'il comprenait.

Elle l'entraîna vers la cuisine, murs chaulés, meubles de famille en noyer, casseroles en cuivre et panetière en bois sculpté, et lui servit d'autorité un verre de citronnade.

— Comme avant, lui dit-elle.

Il n'avait pas envie qu'on lui rappelle ce genre de choses. C'était bien pour cette raison qu'il avait tant tardé à revenir. Pour se protéger. Mais, telle qu'il connaissait Sidonie, elle avait envie de parler.

— Je t'ai préparé la chambre de ton grand-père, reprit-elle.

Il acquiesça d'un battement de paupières. Tout au long du retour, il avait craint que la gouvernante ne l'installe dans leur chambre, à Johanna et à lui. Il ne l'aurait pas supporté.

Après le drame, de bonnes âmes s'étaient évertuées à lui tenir des discours lénifiants :

« Votre existence n'est pas terminée », « Vous verrez, un jour, vous reprendrez goût à la vie », « Le temps fera son œuvre ».

Pour ne pas hurler, il avait choisi de s'isoler et de partir. Loin, très loin.

— Le temps me durait, tu sais, poursuivit Sidonie. Et puis toute cette responsabilité… Le pays a changé, on bâtit à tout va…

Intrigué, il tendit l'oreille. À l'époque de ses grands-parents, les propriétés étaient vastes. Des demeures qui se transmettaient de génération en génération. Cela n'existait donc plus ?

Sidonie sourit devant son air perplexe.

— Le tourisme, mon grand. Il faut tout lui sacrifier, paraît-il. Figure-toi qu'un promoteur a…

Il leva la main pour l'arrêter.

— Stop, Sido ! Tu me raconteras plus tard. Pour le moment, j'ai besoin d'une bonne douche et d'un peu de repos.

Le visage de sa vieille amie se défit.

— Bien sûr, mon petit, où avais-je la tête ? Nous bavarderons plus longuement au dîner.

La chambre de grand-père Simon ouvrait sur les champs de roses à parfum. Ou, plutôt, ce qu'il en restait, une semi-friche. Il se détourna.

Il commençait déjà à regretter d'être revenu.

*

La gouvernante, qui avait travaillé toute sa vie pour la Safrane, paraissait au supplice.

— J'ai fait comme j'ai pu, avec l'aide de Sébastien. Tu sais, le fils de Lucienne...

Il haussa les épaules.

— Si tu savais comme ça m'est égal... Ma vie est ailleurs, désormais.

Elle lui jeta un regard blessé. Elle n'aimait pas ce détachement, et le lui dit sans ambages.

Il soupira.

— Ma pauvre Sido, il a bien fallu que je m'adapte. Ruser avec moi-même, dans une perpétuelle stratégie d'évitement...

La gorge nouée, il s'interrompit.

D'un geste affectueux, Sidonie se pencha vers lui et lui tapota l'épaule. Toute parole de réconfort était inutile, elle le savait.

Tout comme elle pensait connaître l'intensité de son désespoir.

Le premier, il se ressaisit.

— Je vais rendre visite à maître Fabre. Son étude se situe toujours sur le Cours ?

— L'imagines-tu déménageant ? Le cher homme en mourrait ! Étude Fabre, notaires de père en fils depuis 1860, s'amusa Sidonie.

— Te rappelles-tu ce que grand-père disait d'eux ? « Mourez, nous ferons le reste ! »

Ils rirent tous deux avant d'échanger un regard étonné, comme s'ils étaient eux-mêmes surpris de cette soudaine hilarité. Sidonie s'essuya les yeux.

— Les souvenirs... ça fait du bien, parfois, murmura-t-elle.

Il acquiesça. Et elle se sentit rassérénée.

*

Le troisième jour, il se dirigea vers les champs de roses. Bien que ceux-ci soient mal entretenus, les souvenirs affluaient. Les matins de mai, quand les cueilleuses s'affairaient dès potron-minet car à partir de treize heures, le soleil tapait trop fort, l'arôme des roses, un composé d'épices, d'agrumes, de litchi, aux accents miellés, grisait toute la région.

Cette odeur si prégnante, à la fois suave et entêtante, qui était partout, aussi bien en campagne que dans les rues de Grasse. Le velouté des pétales des roses de mai, qu'on appelait aussi « roses de Grasse ». Il entendait encore son grand-père lui raconter qu'elles exigeaient fort peu d'eau, contrairement au jasmin, éternel assoiffé.

Il se souvenait aussi de Johanna, qui aimait tant cueillir les roses. Ils avaient fait l'amour dans l'usine, sur un lit de pétales de fleurs. Elle en avait partout, dans les cheveux, sur le corps, et riait à perdre haleine. Il était fou d'elle.

Il crispa les mâchoires. Quinze ans. Il y avait quinze ans qu'il cadenassait sa mémoire, de crainte de voir émerger ce genre de souvenirs. Johanna était morte, et même le parfum le plus subtil ne la lui ramènerait pas.

Il fit demi-tour, retourna à grands pas vers la bastide.

*

Jérôme repoussa son verre vide sur la table de jardin et esquissa un dessin de l'index.

— Regarde... ici la Safrane, les champs de roses, et le chemin montant du village. Tout autour, des villas implantées sur de vastes terrains, entre trois et cinq mille mètres carrés. Pour résumer, tu es cerné. Et Paoli, un promoteur qui se targue de toujours parvenir à ses fins, veut acquérir la Safrane pour y établir un complexe hôtelier. Piscine géante à remous, terrain de golf et *tutti quanti*. Il y a urgence, mon vieux !

Il jeta un regard désabusé à son ami.

Celui-ci, incrédule, secoua la tête.

— Ton Paoli ne peut quand même pas me contraindre à vendre !

— Détrompe-toi, insista Jérôme. De nombreux bruits courent sur son compte. Il a des sbires qui s'y entendent en matière d'intimidation. C'est pour cette raison que je t'ai pressé de revenir. Sidonie prend de l'âge, elle ne peut plus rester seule à la Safrane.

— Si la situation est si grave, penses-tu vraiment que ma présence les empêchera de se manifester ?

— Il est plus facile de s'attaquer à une vieille dame qu'à un homme dans la force de l'âge. De plus, tu as un nom connu, tes ouvrages ont du succès... tu n'es pas n'importe qui.

— Mes ouvrages... répéta-t-il d'un ton indéfinissable.

Il était d'abord demeuré une année sans parvenir à écrire une ligne. La double peine, avait-il alors pensé, lui pour qui l'écriture constituait une raison de vivre. Par la suite, au fil de ses voyages, il avait commencé par écrire des carnets de bord avant de se lancer dans un projet ambitieux, suivre la route de la soie de Marco Polo, de Venise à Shangtu.

L'ouvrage avait rencontré un succès inattendu, qui perdurait. Il s'était ensuite attelé à la rédaction d'un livre consacré aux explorateurs méconnus avant d'oser écrire, enfin, un roman. Sélectionné par le jury du Goncourt, *Namasté* avait fait les beaux jours des émissions littéraires, sans qu'il daigne se déplacer sur les plateaux de télévision. « Tout est dans mes livres, plaidait-il. Je n'ai rien d'autre à dire. »

Cette attitude avait séduit l'intelligentsia. On louait sa liberté de ton, son absence totale de flagornerie, son côté « brut de décoffrage ».

Il en riait sous cape. Il avait compris depuis déjà un certain temps qu'il convenait de ne pas se laisser impressionner par ce qu'il nommait « le cirque médiatique ».

Comment aurait-il pu expliquer que ses ouvrages étaient destinés à une seule personne, Johanna ?

— Tu dois te battre, insista Jérôme. Pour la Safrane, pour ton grand-père mais, plus encore, pour Johanna. Tu sais mieux que quiconque combien elle était attachée aux roses de mai.

Une douleur violente lui pinça le cœur.

— Je vais voir, se borna-t-il à répondre.

Il aurait voulu déjà repartir. Loin de la Safrane et, plus encore, de ses souvenirs.

*

— Il était temps que tu reviennes, mon grand !

Après lui avoir donné l'accolade, Lucienne Pagero recula de deux pas pour mieux observer le dernier des Lafoux.

— Tu as changé, mon gars, fit-elle avec un claquement de langue. Mûri. Ça te va bien. Sébastien m'a passé ton dernier livre.

Elle plongea son regard délavé dans ses yeux. Il sut à cet instant qu'elle avait tout compris. Et deviné le reste. Lucienne, la plus ancienne cueilleuse de roses de la Safrane, avait connu son père et son grand-père.

— Tu te rappelles ? reprit-elle. Quand tu nous apportais une thermos de café de la part de ta grand-mère. Il faisait frisquet, au petit matin. Certaines travaillaient avec des mitaines. Quand le soleil était haut dans le ciel, nous avions trop chaud mais nous poursuivions encore un peu notre tâche. Une bonne cueilleuse ramassait cinq kilos par jour. J'aimais tant le parfum de nos roses ! J'en rêve encore, parfois…

L'émotion le gagna alors. Il se souvenait lui aussi du parfum subtil et tenace des roses de mai.

« Le meilleur moment de l'année ! » affirmait sa grand-mère, prénommée Rose, qui confectionnait elle-même son eau de rose et ses savons, parfumés comme il se devait à la rose.

La salle de bains – baignoire monumentale à pattes de lion, lavabo surmonté d'un grand miroir rococo, serviettes en éponge épaisse, moelleuses et douces – embaumait la rose.

C'était encore la grande époque, celle où l'on s'habillait pour le dîner, où l'on ne confiait pas ses secrets intimes… Ce monde avait basculé à la fin des années 1960, alors que les femmes ne portaient plus de chapeau, avaient raccourci leurs jupes et préféraient le patchouli à Miss Dior.

Grand-père haussait les épaules. « Ces jeunes yé-yé (quelle idée, vraiment de s'appeler ainsi !) ne passeront pas l'hiver. »

Il avait tort, bien entendu, et l'avait mal supporté. Dans sa tête, il avait failli.

Lucienne tenta de redresser son dos voûté par des années penchée au-dessus des rosiers.

— Ton grand-père aurait jeté dehors ce maudit Paoli, glissa-t-elle d'un air innocent.

Il se troubla. Pourquoi s'évertuer à comparer ce qui n'était pas comparable ? De plus, les temps avaient changé. Cependant, il savait qu'elle avait raison. L'aïeul se serait battu avec fougue pour garder la Safrane dans la famille. Lui avait fui.

Il se détourna.

— Je rentre, Lucienne.

Tu n'as pas à te justifier, se dit-il.

Cependant, il ne parvenait pas à se défaire d'une sensation de malaise.

Comme s'il avait été responsable de la situation.

*

Certaines nuits, Johanna ne venait pas lui rendre visite. Il avait alors l'impression qu'il ne la reverrait jamais et se réveillait en sursaut, le cœur battant à se rompre, la bouche sèche.

Ces rendez-vous nocturnes avec la femme qu'il aimait étaient pour lui d'une importance vitale. Même s'il avait conscience du fait qu'ils entretenaient le manque et son mal-être.

Il devait tourner la page. Il le savait, sans pour autant y parvenir.

Ce matin-là, résolu à crever l'abcès, il sortit du garage la vieille Clio de Sidonie et prit la direction de Plascassier.

À l'approche du village, il crispa les mains sur le volant, en proie à une suée intense. « Tu peux le faire », se répéta-t-il.

Il freina instinctivement en approchant du virage maudit. D'après le rapport établi par les gendarmes, Johanna l'avait pris trop vite, beaucoup trop vite. Elle n'avait pas réussi à redresser sa trajectoire et la Mini, défonçant le parapet, avait basculé dans le ravin, le long des cultures en terrasses. Il s'arrêta près d'une stèle en bronze rappelant le tragique accident. C'était certainement la mère de Johanna qui était à l'origine de cette initiative. Elle ne lui en avait pas touché mot. Quoi d'étonnant ? Leurs rapports étaient inexistants. Elle lui reprochait d'avoir entraîné sa fille unique dans l'arrière-pays cannois, loin de Paris. Elle n'avait pas encore compris à quel point Johanna et lui s'aimaient.

Il se pencha au-dessus du parapet, imaginant le choc, les à-coups, et le bruit de tôle froissée.

On lui avait dit que Johanna était morte sur le coup. C'était préférable, avait-il pensé, même si cette idée lui déchirait le cœur.

Il s'avança jusqu'à l'extrême bord, sentit la caresse du soleil sur son visage. Il leva la tête vers le ciel, d'un bleu pur, éblouissant, sans l'ombre d'un nuage. Il enregistra ces sensations pour elle, Johanna, son amour. Le jour de l'enterrement, il avait fui, dans la montagne, en hurlant son désespoir.

Par la suite, Jérôme lui avait confié avoir craint pour sa raison. C'était tout à fait ça, il s'était perdu en chemin et n'avait plus jamais été le même.

Il aurait voulu savoir prier. Il le déplorait, mais n'y parvenait pas, comme il l'avait expliqué au frère Roger, un ancien missionnaire ami de son père.

Ce dernier lui avait souri.

« Il existe plusieurs façons de prier. »

Dommage pour lui... il ne les avait pas trouvées. Les larmes coulèrent le long de ses joues sans qu'il cherche à les essuyer. Il avait mal, horriblement mal mais, pour la première fois depuis une éternité, le fait de pleurer le soulageait.

Il se détourna des plantations en terrasses, remonta en voiture.

Le ciel était toujours aussi bleu mais ses yeux étaient brouillés.

*

— Tu es revenu et tu ne m'as pas prévenue !

Sur le seuil de la Safrane, Sibylle, son amie d'enfance, le considérait d'un air fâché.

Elle était semblable à elle-même, grande, rieuse, avec du soleil dans ses yeux verts. Brusquement, il se rappela leurs parties de cache-cache dans le parc de la Safrane, leurs baignades dans le bassin où grand-père Simon élevait des poissons.

Ils se retrouvaient aux vacances. Les parents de Sibylle, lyonnais, possédaient une maison à Grasse. Sibylle et lui avaient fait connaissance à la bibliothèque municipale et s'étaient liés d'amitié dès le premier jour.

Il lui ouvrit les bras.

— Tu me laisses à peine le temps d'arriver !

— Le temps... apparemment, nous ne le mesurons pas à la même aune, toi et moi ! se récria-t-elle en riant. Tu sais qu'ici, les informations circulent plus vite que la lumière. Tu avais à peine franchi le seuil de la Safrane que la rumeur publique l'annonçait sur la place des Aires ! Je t'ai attendu une bonne semaine et puis... me voici !

Elle jeta un coup d'œil autour d'elle.

— On s'installe dehors ? Il fait si bon !

La douceur ensoleillée de mai fardait ses joues de rose. Tous deux se dirigèrent du même pas vers la tonnelle, ombragée d'une glycine aux grappes ennuagées de mauve, où ils jouaient jadis au Scrabble comme au poker. Sibylle s'assit avec un petit soupir satisfait.

— Je suis si heureuse de te revoir ! s'écria-t-elle. J'espère que tu vas rester un bon moment.

Il secoua la tête.

— Franchement, je n'en ai pas la moindre idée. En règle générale, je ne séjourne pas longtemps au même endroit.

— Certes mais ici, c'est différent ! Je te parle de la Safrane, le domaine de ta famille.

— Et alors ? répliqua-t-il froidement.

Elle n'avait peut-être pas réalisé jusqu'à présent à quel point il avait changé, se dit-elle.

Assis en face d'elle, il faisait peser sur elle un regard qu'elle ne connaissait pas. Glacial et détaché. Comme si plus rien ne l'intéressait. Elle réprima un frisson. Et, bravement, attaqua le sujet des roses à parfum.

Après avoir été quasiment abandonnée, leur culture avait repris, sous l'impulsion de nombreux agriculteurs biologiques et de maisons de luxe, sensibles à leur image de marque.

— Le classement des savoir-faire de Grasse au patrimoine immatériel de l'Unesco va accélérer le processus, insista-t-elle. Les projets immobiliers n'ont plus le vent en poupe, que ce soit à Grasse ou autour de Callian et Montauroux.

— Tu devrais aller l'annoncer à Sidonie, elle en sera ravie.

Sibylle fronça les sourcils.

— Ça ne se fait pas d'un coup de baguette magique ! Il faut être suffisamment motivé et s'engager à rendre leurs lettres de noblesse aux champs de roses durant un certain nombre d'années.

— Les parfumeurs ont donc renoncé à délocaliser et à employer de la main-d'œuvre à bas prix ? ironisa-t-il.

La jeune femme soutint son regard moqueur.

— C'est tout simplement une question de survie ! Nous avons une réputation d'excellence dans le domaine du parfum. À nous de le prouver !

Il sourit.

— Sibylle... tu as toujours été si... fonceuse. Il faut te rendre à l'évidence : l'époque des champs de fleurs est bel et bien révolue.

— Et si moi, je refuse ce constat ? s'emporta-t-elle. Si je me bats, seule, tu m'abandonneras ?

Il lui jeta un regard perdu. Il ne savait plus quelle attitude adopter.

Elle poussa son avantage.

— Pense à ton grand-père. Demande-toi quelle aurait été sa réaction.

C'était une façon de l'influencer, tous deux le savaient.

Il se surprit à sourire, presque à son cœur défendant.

— Quel est ton intérêt ? s'enquit-il.

Elle sourit à son tour.

— On se connaît trop bien, toi et moi, pas vrai ? Je suis attachée au passé de Grasse. Et j'ai signé un accord avec la marque Stevens. Ils ont l'intention de s'installer par ici pour développer leurs parfums et recherchent l'authenticité comme la tradition du terroir grassois. Tu n'ignores pas que notre terre d'alluvions jouit d'un microclimat idéal, grâce à l'air de la mer qui monte la journée et rafraîchit les champs, ainsi qu'au vent qui descend la nuit de la montagne.

« Le premier, Christian Dior a voulu mettre en valeur les roses et le jasmin du pays de Grasse. C'était au début des années 1950. Il avait même fait planter des amandiers car, comme tu le sais, c'est le premier arbre à fleurir en hiver et le grand couturier souhaitait les voir en fleur depuis son domaine de la Colle Noire.

« Malheureusement, il est mort trop tôt pour pouvoir profiter de ses fleurs à parfum. À nous de reprendre le flambeau.

Elle s'arrêta, fit peser sur lui un regard chargé de défi.

— Tu me promets d'y réfléchir ?

Il pensa qu'il n'aurait pas dû revenir, qu'il s'était bel et bien fait piéger.

Se dit en même temps que l'idée de Sibylle était intéressante. N'était-il pas lui aussi profondément attaché aux cultures de roses à parfum ?

Il lui sembla entendre la voix de Johanna.

« Il y aura toujours des roses à la Safrane. Il ne peut en aller autrement. »

Il savait que Sibylle avait raison et que le patrimoine grassois devait être sauvegardé. Il avait tergiversé trop longtemps.

— Je te suis, dit-il, gravement.

Une simple phrase qui valait une promesse, tous deux le savaient.

LE JARDIN DES CYPRÈS

Ce qui charme s'en va, ce qui fait peine reste :
La rose vit une heure, et le cyprès cent ans.

Théophile Gautier

2018

J'aurais aimé fuir. Loin, très loin. Jusqu'à me dissoudre dans le paysage. Naturellement, c'était impossible.

Personne n'aurait compris. À commencer par Fabrice.

Lui et moi, c'est une vieille histoire. Quarante-six ans d'amour émaillés de disputes homériques et de réconciliations brûlantes. Nous nous sommes connus à la fac, nous sommes mariés, très vite, parce que nous ne supportions pas d'être séparés. Fabrice a poursuivi ses études de droit tandis que je devais rester allongée pour ma première grossesse. Drôles de débuts...

Heureusement, nous nous aimions, et c'est à cette époque que j'ai commencé à dessiner. Bien installée sur le canapé, avec ma planche à dessin sur les genoux et Pocket le chat sur les pieds... Un chat de gouttière recueilli un soir, dégoulinant d'eau et transi. Il s'est plu chez nous, est resté. Fabrice s'inquiétait d'une future cohabitation avec notre bébé. « Un chat avec un enfant, ça peut être dangereux », lui répétait sa mère, et moi, je lui racontais Isis, ma chatte persane au pelage gris, qui ne m'avait jamais quittée jusqu'à mes dix ans.

Isis dormait au pied de mon lit, se perchait sur mon épaule quand je faisais mes devoirs, se laissait déguiser par mes soins... Je l'aimais tant !

Fabrice ne pouvait pas comprendre, il n'avait jamais eu d'animaux. Pocket est resté malgré les récriminations de ma belle-mère. Et, à la naissance de Sébastien, il a commencé à le protéger.

J'avais toujours rêvé d'avoir d'abord un fils. Il me semblait que ce serait plus facile, je ne sais pas pourquoi.

Tiphaine est née deux ans plus tard, une boule d'énergie aux cheveux roux. J'avais un peu peur, les premiers temps, de lui préférer mon premier-né. Or, l'amour maternel se multiplie à l'infini. Pas de préférences chez nous, seulement de l'amour.

J'ai repris mes études quand mes petits ont été scolarisés. Lettres, pour enseigner, et par amour – encore ! – des beaux textes.

Le jour de ma première classe, quand j'ai tenté de convaincre mes élèves de première que Flaubert « était » madame Bovary et qu'ils m'ont posé des questions, j'ai su que j'étais faite pour ce métier.

Beaucoup de joies, des déceptions aussi, et des difficultés, mais, au bout du compte, la même passion, le même enthousiasme. Si bien que lors de ma dernière classe, j'ai eu de la peine à réprimer mes larmes. C'était tout un pan de ma vie qui s'achevait.

Mais Fabrice et moi fourmillions de projets. Aménager le jardin de la maison de famille située en Haute-Provence, dans le Comtat Venaissin. Être bénévoles pour des associations d'aide aux devoirs. Reprendre mes cours d'aquarelle. Nous occuper des « loupiots », la troisième génération de Lambert, Sosthène, Axelle et Paul, nos trois petits-enfants.

Après être allés – enfin ! – à Venise, dont je rêvais depuis l'enfance.

À l'époque, nous n'avions pu nous offrir de voyage de noces – trop cher pour notre bourse ! – et, si nous avions reçu quatre services à café, nous les avions gardés, car il était alors inconcevable de convertir des cadeaux de mariage en chèques-voyage. Les temps ont changé...

Je refuse de cultiver la nostalgie. De toute manière, à quoi cela m'avancerait-il ? Nous avons, Fabrice et moi, soixante-huit et soixante-cinq ans. Impossible de revenir en arrière !

Mon mari affirme que nos meilleures années nous attendent. Le ciel l'entende ! Contrairement à lui, j'ai souvent tendance à ne voir que le verre à moitié vide. Une conséquence de mon enfance... On me répétait que le pire était le plus souvent certain, que je ne devais pas spontanément accorder ma confiance. Résultat : des crises d'angoisse à l'adolescence, la peur de mon ombre...

J'ai voulu tout le contraire pour Sébastien et Tiphaine. Une éducation simple, à portes ouvertes. Nous parlions de tout, organisions une soirée pyjama le samedi. Installés sur le canapé, devant une pile de crêpes, nous refaisions le monde, abordions nos problèmes. Le pathos n'avait pas droit de cité ; l'humour nous aidait à avancer.

Je ne voulais surtout pas reproduire le schéma familial. Quant à Fabrice, c'était simple : il lui restait seulement sa mère. Une personnalité aixoise, BCBG. Nos relations sont… difficiles à qualifier, dans la mesure où elle me considère comme une extraterrestre ou, à tout le moins, un étrange personnage. Je ne porte pas de tailleur de tweed ni de brushing laqué à mort, encore moins de collier de perles. Cependant, au fil des années, nous avons réussi à nous rapprocher avec beaucoup de bonne volonté de part et d'autre. Comme quoi…

De temps à autre, les bonnes vieilles crises d'angoisse remontent à la surface. Sans qu'il y ait forcément une raison. Crainte de l'avenir, coup de vieux ? Je préfère ne pas m'appesantir et faire comme si de rien n'était.

« Faire face », une antienne que j'ai souvent entendue chez mes parents. Tous deux ont sombré – pratiquement en même temps – dans une démence sénile qui m'a douloureusement atteinte. Grands lecteurs, amateurs de théâtre et de music-hall, ils étaient devenus des sortes de figurants dans un spectacle qu'ils n'avaient pas choisi. Chaque fois que je leur rendais visite, je sortais en larmes de l'EHPAD où ils n'en finissaient pas de se défaire, lambeau après lambeau, d'une existence qui ne les avait pas vraiment rendus heureux.

Cependant… qui étais-je pour les juger ?

Ils sont partis un matin de mars, ensemble, comme toujours, et je me suis sentie à la fois orpheline et soulagée. Terrible constat…

Fabrice m'a épaulée, ainsi que les enfants, mais ils ne pouvaient pas comprendre ce que j'éprouvais. La certitude que plus rien n'était pareil, que je me trouvais désormais en première ligne.

Quelques jours plus tard, une crampe extrêmement douloureuse me réveilla. Je l'oubliai dès qu'elle se fut atténuée.

Chaque fois que nous revenons au Jardin des Cyprès, j'ai l'impression d'effectuer un saut dans le temps.

La bastide au crépi d'un délicat beige rosé, au fond d'une allée bordée de cyprès, le champ d'amandiers, le potager, tout me parle de mon enfance. Je venais chaque été passer des vacances de rêve dans la propriété de mes grands-parents. Nous cueillions les abricots, surveillions le mûrissage des melons, confectionnions des confitures. L'après-midi, pendant la sieste, je dévorais les ouvrages de la bibliothèque de grand-pa, me passionnant pour les aventures d'Ivanhoé ou de Quentin Durward.

Je lisais dans ma chambre, qui ouvrait sur le champ d'amandiers, tout en écoutant les chansons en vogue sur mon transistor.

« Aline » de Christophe, « Ballade en novembre » d'Anne Vanderlove, « All You Need Is Love » des Beatles...

C'était une époque heureuse, l'été ne finirait jamais. Je savais que c'était faux, bien sûr, mais j'aimais à le penser.

La rentrée signifiait la fin de cette parenthèse, je retournais à Aix pour trois mois, nous ne reviendrions au Jardin des Cyprès qu'en décembre, pour Noël.

En mémoire de ces jours heureux, j'avais tout mis en œuvre pour conserver la propriété familiale. Enfant unique, je l'avais héritée de mes grands-parents, qui savaient combien j'y étais attachée. Mes parents, eux, ne se sentaient pas vraiment concernés. Leur vie était à Aix. Fabrice et moi avions nous-mêmes refait l'électricité et la plomberie défaillantes, posé du parquet flottant dans les chambres, repeint toutes les pièces dans un joli ton céladon très pâle, aménagé une cuisine et équipé deux salles de bains. Cela nous avait pris une quinzaine d'années, et Fabrice appelait souvent la maison « notre danseuse ».

Les enfants appréciaient, eux aussi, de venir au Jardin des Cyprès, où ils se tissaient des souvenirs proches des miens.

Nous avons hésité durant plusieurs mois avant d'arrêter notre décision. Si nous aimions profondément Aix, nous avions aussi besoin de mener une vie plus calme. Or, le Jardin des Cyprès correspondait tout à fait à nos attentes.

Situé à quelques kilomètres de Carpentras, il jouissait d'une position intéressante au cœur du Comtat Venaissin.

Consultés, les enfants nous approuvèrent. Ils viendraient souvent nous voir, promis. D'autant plus que Fabrice et moi projetions de faire installer une piscine, perspective des plus attrayantes pour la jeune classe.

Tout se déroulait pour le mieux, et nous prenions nos marques avec bonheur.

Jusqu'au jour où elle revint. Cette horrible crampe, accompagnée d'une faiblesse de mon pied gauche.

On oublie vite la douleur, au point d'être surpris lorsqu'elle revient. Peu encline à me plaindre, j'ai fait face sans gémir. De toute manière, cela finirait bien par passer. C'est ce qui est arrivé, me confortant dans l'idée qu'il s'agissait d'un mal passager. « Tu vieillis, ma pauvre fille ! » me dis-je sans apitoiement.

Fabrice, de son côté, se comporte comme s'il était encore un fringant quadragénaire. Ce qui lui vaut des sciatiques invalidantes et des dorsalgies récurrentes. Il n'est pas incité pour autant à aller consulter. Qu'on se le dise : il ne « s'écoute » pas !

L'incident est survenu alors que je taillais les rosiers bordant la terrasse. Encore maintenant, je suis incapable de dire comment je me suis retrouvée effondrée dans la plate-bande. Mon pied gauche, toujours lui, avait cédé, me déséquilibrant.

Mortifiée, je pris le parti d'en rire tandis que Fabrice, alerté par mon cri, accourait.

— Je ne tiens plus la route ! lançai-je en riant.

Je n'étais pas vraiment inquiète.

Pas encore.

Le mois suivant, je tombai une nouvelle fois et manquai me rompre le cou dans l'escalier de la cave.

Cette fois, je me décidai à prendre rendez-vous chez Sabine, mon ostéopathe.

— J'ai besoin d'une révision générale ! lui annonçai-je en riant.

Sabine et moi nous connaissons depuis des lustres. Elle est une amie autant qu'une soignante.

Nous commençons par deviser tandis que ses mains volettent autour de moi, cherchent à déceler tensions et déséquilibres.

Elle s'enquiert de mes troubles, sans rien laisser paraître de ce qu'elle pense.

Cependant, à la fin de la séance, elle me conseille d'aller voir notre généraliste et d'effectuer quelques examens.

— Qu'as-tu trouvé ?

Elle secoue la tête.

— Je ne « trouve » pas, comme tu dis. Je palpe, je sens. Et tu es un peu raide.

Cette fois non plus, je n'ai pas eu l'ombre d'un doute. La politique de l'autruche, vous connaissez ?

Ma fatigue intense me surprenait. J'avais en effet toujours été dynamique. Au fond de moi, je m'interrogeais, mais pas trop. Nous étions en train de transformer deux chambres en enfilade en dortoir niché sous le toit.

Nous imaginions déjà les cris de joie des enfants quand ils découvriraient leur nouveau domaine.

Nous avions peint les murs dans un ton délicat, kaki clair, relevé d'ivoire. Les enfants avaient chacun décoré leur lit d'après leurs personnages préférés de dessins animés : Peter Pan pour Paul le rêveur, Spiderman pour Sosthène le bagarreur, et Belle pour Axelle, qui aime tant lire.

La pose du parquet flottant a mis une nouvelle fois nos lombaires et nos genoux à mal, mais nous étions si fiers du résultat !

La bastide avait belle allure. Je rêvais encore d'une véranda, tout en devinant que nos finances ne supporteraient pas cette dépense supplémentaire. Au fond, peu m'importait. J'avais installé mon atelier – un mot un peu trop pompeux pour moi – dans une dépendance de la bastide, et j'y travaillais chaque jour.

C'était pour moi la maison du bonheur, la continuité de ce que j'avais vécu auprès de mes grands-parents.

Nos petits-enfants étaient ravis de venir et nous leur tricotions à l'envi de merveilleux souvenirs.

Nous avions, selon la formule consacrée, « tout pour être heureux », et ce malgré nos caractères qui n'étaient pas toujours faciles ni disposés aux concessions.

C'était compter sans les résultats des analyses médicales qui m'avaient été transmis par le laboratoire, sans explications.

À la lecture, je constatai bien les chiffres anormalement élevés de certains paramètres, sans que cela m'inquiète vraiment. En revanche, l'appel de notre médecin, le docteur Fontaine, m'alerta.

— Il faudrait passer quelques examens complémentaires, me déclara-t-il avec une pointe de gravité.

— C'est urgent ?

Contrairement à son habitude, il biaisa.

— Pas vraiment, non, mais je préférerais que ce soit fait.

Je ne dis rien à Fabrice, peut-être dans le but de conjurer mes premières inquiétudes. Après tout, nous n'allions pas gâcher notre bel été !

Je suivis donc le conseil de notre médecin traitant et retournai le voir. Quand je quittai son cabinet, j'éprouvais un sentiment de sidération. Le docteur Fontaine m'avait effrayée avec un terme compliqué à retenir : la sclérose latérale amyotrophique, à laquelle mes résultats lui faisaient penser.

— C'est certainement stupide, précisa-t-il, mais nous allons établir un protocole de recherches complémentaires. En revanche, ne vous ruez pas sur Internet, vous vous stresseriez inutilement.

Comme s'il pensait me rassurer ainsi !

Aussitôt après, Sébastien nous a appelés pour nous annoncer, d'une drôle de voix un peu cassée, que Charlène, son épouse, souffrait d'un cancer du sein.

Nous nous sommes mobilisés pour la soutenir, nous avons pris chez nous Axelle afin de la soulager pendant ses séances de radiothérapie et j'ai mis de côté mes angoisses. Les jeunes générations étaient prioritaires, c'était l'évidence même.

De plus, Sébastien était laminé, incapable de se projeter dans l'avenir. Nous nous sommes organisés afin de les soulager et de leur permettre de se battre.

Chaque dimanche, toute la famille se réunissait au Jardin des Cyprès pour sacrifier au rituel du barbecue et de la ratatouille. L'été est passé, Charlène a été déclarée guérie sans avoir besoin – ô joie ! – de recourir à la chirurgie et la vie a repris son cours. Comme avant ? Pas tout à fait puisque nous en mesurions encore mieux le prix. Dans ces conditions, pas question de songer à moi. De plus, j'étais dotée d'une santé robuste. Ce brave Fontaine devait s'être trompé !

Il se rappela à mon bon souvenir quelques jours après la rentrée.

— Je n'aime pas vous voir reculer devant l'obstacle, me reprocha-t-il au téléphone.

Je me cabrai.

— Nous avons eu des soucis familiaux.

— Peut-être, mais il convient de penser aussi à vous.

L'électroneuromyographie qu'il m'avait prescrite m'angoissait. Déjà à cause de son nom, un peu barbare à mon goût. Il avait aussi évoqué une IRM cérébrale et médullaire. Rien de bien réjouissant ! Pourtant, je devais m'y résoudre, ne serait-ce que pour me défaire de cette inquiétude latente qui parfois me réveillait la nuit.

— C'est important, insista-t-il.

Avant de m'annoncer qu'il m'avait déjà obtenu des rendez-vous.

Je marche en direction du champ d'amandiers, Mojito sur les talons. Mojito est un golden retriever que Fabrice m'a offert pour mon anniversaire il y a trois ans. Je l'ai surnommé « Superglu » car il ne me quitte pas. Sa présence, sa douceur me réconfortent. Avec lui seulement je m'accorde le droit de pleurer.

Il faudra bien que j'explique à Fabrice ce qui se passe. Il me décoche des coups d'œil inquiets, me pose des questions auxquelles je réponds par des pirouettes. Ces quelques kilos perdus ? Mon régime s'avère enfin efficace ! Ma fatigue récurrente ? Ce brave Fontaine m'a diagnostiqué une anémie. Cette tristesse dans mon regard ? Le contrecoup du choc éprouvé à l'annonce du cancer du sein de Charlène. Je triche, je biaise, en me détestant, mais c'est plus fort que moi, je ne peux pas lui infliger ça. De plus, je me dis parfois que si je ne prononce pas le nom de cette fichue maladie, je peux encore imaginer que Fontaine et trois autres spécialistes se sont trompés.

Sclérose latérale amyotrophique : le diagnostic m'est tombé dessus, genre la hache du bourreau. Ou maladie de Charcot. J'en avais déjà entendu parler, parce que des célébrités en avaient été atteintes. Comme dirait Tiphaine, ça s'était mal terminé pour elles.

Ne pas penser. Profiter de l'instant présent, de cette douceur dans l'air, de la vue sur le Ventoux, géant à la fois tutélaire et bienveillant. Respirer, lentement, profondément, sans se dire que, bientôt, ce sera beaucoup plus difficile. Estimer que l'automne est peut-être la plus belle saison en Haute-Provence.

Rêver... à ce qui aurait pu être et ne sera pas. Fabrice... si nous allions à Venise ? Vite, pour conjurer la fuite du temps.

— Pourquoi ?

Le visage de Fabrice exprime chagrin, déception, incompréhension. Je ne puis le supporter et j'éclate en sanglots convulsifs. C'est nouveau aussi, chez moi, cette propension à fondre en larmes ou à éclater de rire au moindre prétexte. Hyperréaction émotionnelle. Ça va de pair avec cette fichue maladie qui grignote mon tonus, mes nerfs et mon moral.

Fabrice m'entoure de ses bras, me tend son mouchoir. Il a toujours sur lui de grands mouchoirs à carreaux bleus et blancs, à l'ancienne ; j'aime, même si, pour ma part, je n'utilise que des mouchoirs en papier.

Brusquement, je n'y tiens plus, je lui raconte tout, et je lis la peur sur son visage.

— Pourquoi avoir gardé ce secret si longtemps ? s'enquiert-il.

Je suis incapable de lui répondre autre chose que :

— Pour te protéger.

Cette fois, il explose.

— Quelle idée ! C'est moi qui veille sur toi, n'inverse pas les rôles.

Nous n'allons pas tarder à nous quereller !

À cette perspective, je sens un fou rire monter. Merci, Fabrice, mon amour, de m'avoir prouvé que la vie avait toujours un côté ensoleillé.

Ensuite, nous avons décidé de « faire comme si ». Comme si je n'avais pas désormais cette fichue épée de Damoclès au-dessus de ma tête, comme si le temps ne nous était pas compté, comme si je n'avais pas souffert d'insomnies, passant mes nuits à ruminer de sombres pensées. Fabrice m'a accompagnée chez les spécialistes, s'est évertué à trouver des raisons d'espérer, de sourire. Cependant, nous n'avons rien dit aux enfants. Nous devions tenir et, pour ce faire, mobiliser toutes nos forces.

Fabrice et moi nous épaulions. Je pense que, sans son soutien constant, j'aurais cessé de lutter.

Et maintenant... me dis-je.

Je suis de plus en plus épuisée, mon bras droit a des défaillances et je me suis mise à boiter.

Les enfants, qui doivent venir pour le mois d'août, ne pourront pas ne pas remarquer la dégradation de mon état, et cette seule idée me panique. Comment faire ? Je ne veux pas leur avouer la vérité. C'est trop tôt – ou bien trop tard.

Ils ne comprendront pas les raisons de mon silence, n'admettront pas que nous ayons cherché à les protéger.

Je voudrais fuir, tout en méprisant ma lâcheté.

Alors je marche, comme je le peux, le long de l'allée de cyprès.

J'entends encore grand-père Augustin me rappeler les écrits de Jules Michelet :

« L'idée persane, vraie, autant que sublime, est celle-ci, que le cyprès, l'arbre pyramidal dont la pointe imite une flamme, est un médiateur pour la terre et le ciel[1]. »

J'ai toujours aimé les cyprès et j'ai envie de citer Flaubert dans *Salammbô* : « Dans les jardins d'Hamilcar [...] l'avenue des cyprès faisait d'un bout à l'autre comme une double colonnade d'obélisques verts. »

Leur proximité procure un sentiment de paix intemporel. Je les contemple, et je me dis que j'aimerais me réincarner en arbre. Pas forcément en cyprès, d'ailleurs ! Peut-être en amandier, comme ceux que Bonnard a peints, ou encore Yves Brayer.

Je m'efforce d'être sereine. Tout en me récitant ces vers de Sully Prudhomme pour lesquels j'ai depuis longtemps une prédilection :

> *Le vase où meurt cette verveine*
> *D'un coup d'éventail fut fêlé ;*
> *Le coup dut l'effleurer à peine :*
> *Aucun bruit ne l'a révélé.*

> *Mais la légère meurtrissure,*
> *Mordant le cristal chaque jour,*
> *D'une marche invisible et sûre,*
> *En a fait lentement le tour.*

> *Son eau fraîche a fui goutte à goutte,*
> *Le suc des fleurs s'est épuisé ;*

---

1. Extrait de « La Montagne ».

Personne encore ne s'en doute ;
N'y touchez pas, il est brisé.
[...]
Toujours intact aux yeux du monde,
Il sent croître et pleurer tout bas
Sa blessure fine et profonde ;
Il est brisé, n'y touchez pas[1].

C'est exactement ça. Même si je continue de soigner mon allure comme mon maquillage, intérieurement, je suis brisée. Mais je tiens à ce qu'on l'ignore...

— Je te trouve une petite mine, maman.

Comme à chaque visite, Tiphaine m'a rejointe dans la cuisine, où je prépare les assiettes d'amuse-bouches. Elle fait peser sur moi un regard soucieux.

— Tu as maigri, non ? Et ce teint blême... Si tu m'accompagnais en thalasso ?

Et révéler au grand jour les ravages de la maladie sur mon corps ? C'est hors de question ! Je biaise.

— Je n'en ai pas vraiment envie. Quant à ma mine... une simple question de fatigue morale. Quelques jours de repos suffiront à me remettre sur pied.

— Je l'espère, dit-elle, pas vraiment convaincue.

Que puis-je répondre à cela ? Peu de choses, en vérité. Je réprime mal un soupir. Chaque jour passé représente un nouveau combat, une nouvelle lutte pour sauvegarder mon indépendance. Ceux qui se sont brisé une jambe ou un bras savent qu'il s'agit seulement d'une question

---

1. Extrait du « Vase brisé », *Stances et poèmes*, 1865.

de patience avant de retrouver l'usage de leur membre. Pour moi, c'est la perte plus ou moins rapide de mon autonomie. Inéluctable. Or, je refuse que Tiphaine s'inquiète. Hypersensible, elle stresse facilement.

Vite, je change de sujet et embraye sur la prochaine rentrée en sixième de Sosthène.

Ma fille pousse un énorme soupir.

— Si tu voyais la liste des fournitures ! Je me demande ce dont il aura besoin à l'université !

— D'un ordinateur portable. Ce sera beaucoup plus simple.

Tiphaine me décoche un coup d'œil amusé.

— Peut-être as-tu raison. Je panique un peu, c'est une étape importante pour notre aîné.

Je réprime un sourire.

Depuis plusieurs mois, Fabrice et moi avons pris l'habitude d'aller droit à l'essentiel. Mais je ne puis l'expliquer à Tiphaine. De plus, elle doit faire son expérience par elle-même.

— J'aime beaucoup la cuisine comme vous l'avez rénovée, reprend-elle.

Moi aussi, j'aime notre cuisine : bois clair, appareils en inox, crédence en carreaux de ciment assortis à ceux du sol. Nous l'avons conçue, Fabrice et moi, en désirant qu'elle soit ouverte sur la pièce à vivre, avec un îlot central, une table ronde près de la porte-fenêtre, et ma collection d'oies acquises dans une boutique de Sarlat, qui fait hurler Sébastien.

Une pensée subite m'étreint le cœur. Que vont devenir mes oies ? Et toutes les « antiquités » chinées avec bonheur depuis des lustres ?

Je sais, c'est stupide, mais c'est le genre de questions que je me pose actuellement.

Je préférerais mourir d'un coup, d'un bon vieil infarctus, sans devoir tout organiser à l'avance. C'est le genre de préoccupations que je ne puis confier à Fabrice, sous peine de voir son visage se défaire. Il me répète qu'il faut garder espoir, que la recherche progresse. J'opine du chef, pour ne pas le contrarier, bien que je sois persuadée du contraire. Me préparer au pire... Je retrouve ce vieil atavisme de mon enfance.

— Maman... fait Tiphaine en posant la main sur mon bras. Tu es sûre que tout va bien ?

Je lui adresse mon plus beau sourire.

— Certaine ! Tu peux apporter le plateau de gougères sur la terrasse ? Je me charge des tapas.

Ne pas me demander si je suis parvenue à la convaincre. Faire face.

C'est – aussi – une preuve d'amour.

Le ciel n'a pas de préférés, a-t-on coutume de dire. Pourtant, honte à moi, j'ai une secrète prédilection pour petit Paul, le plus jeune de nos petits-enfants.

Visage rond constellé de taches de rousseur, yeux bleu foncé, sourire ébréché (la petite souris passe souvent, ces derniers temps !), Paul me fait craquer. Et, ce matin, c'est lui qui m'accompagne pour aller chercher thym, ciboulette et basilic dans notre jardin d'herbes. Tandis que je lui rappelle que le thym est aussi appelé, en Provence, « farigoulette » ou « poivre d'âne », il m'observe avec attention. Et, de son ton le plus sérieux, me fait remarquer :

— Baba... avant, tu ne traînais pas la jambe comme ça.

Avant... il y a un an, trois mois ? La notion du temps passé est variable quand on a sept ans.

Cependant, sa réflexion me touche et m'émeut, tout en me peinant. Je ne veux pas lui faire porter le poids de ma souffrance.

Je me penche vers lui, j'ébouriffe ses cheveux.

— Ce n'est rien, mon trésor. Un début de sciatique, mais ça va vite passer.

— Promis, juré ?

— Croix de bois, croix de fer !

Ne pas lui laisser voir mon trouble. Rire, sans me forcer. Et y croire, l'espace d'un instant. C'est aussi cela, le miracle d'être grand-mère.

Fabrice nous rejoint au potager. Nos regards se disent tout. Au retour, je m'appuie sur son bras. Paul s'empresse d'expliquer à sa mère que j'ai une « scie » qui me fait mal à la jambe. Je réprime – mal ! – un soupir. On s'empresse autour de moi.

— Il me semblait bien que tu n'étais pas comme d'habitude, commente Tiphaine.

Je me raidis. Surtout, ne pas craquer.

Fabrice me fait asseoir à la place d'honneur et me recommande de ne plus bouger, à cause de cette fameuse sciatique. Comme j'aimerais que ce soit vrai !

Nous passons un moment agréable, réunis sous la tonnelle, tandis que les stridulations des cigales diminuent lentement d'intensité.

Ce soir, j'ai l'impression que mes sens s'aiguisent. Est-ce l'effet du nouveau traitement commencé ?

Parfois, je me dis que je suis prête à tout essayer, n'importe quelle molécule chimique susceptible de freiner la progression de la maladie. À d'autres moments, je me dis : « À quoi bon ? »

Je me refuse à caresser un espoir qui sera fatalement déçu.

La main de Fabrice cherche la mienne ; ses doigts s'entremêlent aux miens.

Nous sommes deux, parmi nos enfants et petits-enfants.

Savourons l'instant…

— C'était une belle journée, n'est-ce pas ?

Blottie dans les bras de Fabrice, j'opine du chef en priant pour qu'il ne remarque pas les larmes brûlantes qui roulent sur mes joues.

À certains moments, je n'ai plus le courage de lutter, mais je m'efforce de protéger mon mari.

Lui souffre déjà suffisamment par ma faute.

Il caresse mon épaule, avec une infinie tendresse, et je me sens fondre. Tant que nous sommes tous les deux…

Je songe beaucoup à cette soirée, les jours suivants.

Comme si j'avais franchi une étape décisive… Ne pas me lamenter, ne pas gémir, mais plutôt savourer chaque moment, sans état d'âme.

C'est la remarque de petit Paul qui a été l'élément déclencheur. Je refuse que nos enfants et petits-enfants s'inquiètent à mon sujet, je veux rester debout.

Tant que je le pourrai.

Le lendemain, appuyée sur ma canne, je marche jusqu'à l'allée de cyprès. Je les salue chaque matin, une habitude empruntée à mon grand-père.

« Ces arbres font partie de moi ou, plutôt, je suis lié à eux », avait-il coutume de me dire.

« Enracinés dans le même sol, chauffés par le même soleil, inclinés par le même mistral… Une histoire de famille, en quelque sorte. »

J'y songe, après avoir appuyé mon front contre le tronc noueux du « chef de file », comme disait grand-père Augustin, le premier cyprès de l'allée.

J'inspire lentement l'odeur d'encens, ce parfum si particulier du cyprès qui l'a fait surnommer depuis des siècles « l'arbre des morts ».

J'inspire, et j'ai l'impression que tout mon être se détend.

Comme si cet arbre que j'enlace détenait la vérité que je recherche depuis des mois.

Je sais à présent que mes crises de révolte sont inutiles. Ce qui doit être sera.

Quoi qu'il arrive, j'ai marché dans les pas de mes grands-parents, et nos enfants marcheront dans les nôtres. Nous faisons tous partie du Jardin des Cyprès.

Fabrice a peut-être raison de conserver l'espoir, malgré tout. Il insiste pour que nous contactions l'ARSLA, une association qui soutient patients et aidants.

J'ai aussi rendez-vous dans un centre dédié à la maladie de Charcot.

Tant que nous sommes tous ensemble… je dois trouver la force de me battre.

Pour les miens plus encore que pour moi. Parce que, j'en ai pris conscience, je veux vivre !

Remerciements

Un nouveau livre constitue à chaque fois une nouvelle aventure, faite d'émotion et d'enthousiasme.

Ces nouvelles correspondaient à une période difficile de ma vie et elles m'ont permis de libérer mon esprit. L'écriture… mon oxygène, l'une de mes raisons d'être.

Mille fois merci à Clarisse, aux deux Sophie, à Carole et à Isabelle, qui m'ont une nouvelle fois accordé leur confiance les yeux fermés.

Merci, de tout cœur, à mes lectrices et lecteurs qui me suivent depuis tant d'années. Grâce à vous, je me sens utile, et c'est merveilleux !

Merci à toi, qui supportes avec amour et sans faiblir mes interrogations, mes angoisses comme mes distractions.

Tu dois y être habitué à présent : j'ai définitivement la tête dans les nuages et dans mes cahiers !

C'est si bon de se sentir soutenue, encouragée, accompagnée…

Composition et mise en pages
Nord Compo à Villeneuve-d'Ascq

Imprimé en France par MAURY IMPRIMEUR
en avril 2023
N° d'impression : 269512

POCKET – 92, avenue de France, 75013 Paris

S33241/01